本书受到昆明学院引进人才项目资金资助

云南古代文学理论文献整理与研究丛书

张国庆◎主编 | 段炳昌 孙秋克◎副主编

酌雅诗话笺注

陈志刚◎笺注

中国社会科学出版社

图书在版编目（CIP）数据

酌雅诗话笺注 / 陈志刚笺注. -- 北京：中国社会科学出版社，2025.6. --（云南古代文学理论文献整理与研究丛书）. -- ISBN 978-7-5227-5082-8

Ⅰ. I207.22

中国国家版本馆 CIP 数据核字第 2025LF0618 号

出 版 人	赵剑英
责任编辑	郭晓鸿
特约编辑	张　剑
责任校对	师敏革
责任印制	戴　宽

出　　版	中国社会科学出版社
社　　址	北京鼓楼西大街甲 158 号
邮　　编	100720
网　　址	http://www.csspw.cn
发 行 部	010-84083685
门 市 部	010-84029450
经　　销	新华书店及其他书店
印　　刷	北京明恒达印务有限公司
装　　订	廊坊市广阳区广增装订厂
版　　次	2025 年 6 月第 1 版
印　　次	2025 年 6 月第 1 次印刷
开　　本	710×1000　1/16
印　　张	12
插　　页	2
字　　数	158 千字
定　　价	69.00 元

凡购买中国社会科学出版社图书，如有质量问题请与本社营销中心联系调换
电话：010-84083683
版权所有　侵权必究

目 录

《云南古代文学理论文献整理与研究丛书》序 ……… （1）

前　言 ……………………………………………… （1）

《酌雅诗话》笺注 …………………………………… （1）
　　自　叙 ……………………………………… （1）
　　卷　一 ……………………………………… （10）
　　卷　二 ……………………………………… （77）
　　续　编（卷三） …………………………… （94）
　　后　跋 ……………………………………… （108）

附　录

陈伟勋诸传 ………………………………………… （110）
陈伟勋诗文辑佚 …………………………………… （113）
《酌雅诗话》三卷提要 ………………… 冯良方（140）
陈伟勋的诗歌理论与诗文创作 ………… 段炳昌（142）

主要参考文献 ……………………………………… （154）

《云南古代文学理论文献整理与研究丛书》序

张国庆

在云南古代，有的少数民族也有自己的文学理论著述，如傣族的《论傣族诗歌》。但从总体上看，汉民族的或说受汉文化直接影响而产生发展于古代云南的文学理论，是云南古代文学理论的主体。本丛书所整理与研究的对象，正是这一主体。这一主体与所谓"中国古代文学理论"一脉相承，可以说是产生发展于"古代云南"这个特定时空境域中的"中国古代文学理论"，是"中国古代文学理论"的一个有机构成部分。由于学界对云南古代文学理论的研究开展得较晚且不够充分，一般学者和读者对它及与它相关的一些情况不甚了解，故下面有必要对于与它产生发展相关的社会文化历史背景以及它本身的基本情况、相关的研究情况等依次略作介绍。之后，也将对与本丛书相关的一些情况进行介绍。

一

高山深谷，重峦叠嶂；边鄙蛮荒，道阻且长。极其复杂的自然地理条件和极其艰险的交通危途，使古代云南与古代中原在经济文化诸方面的距离似乎要比其相隔甚远的实际地理距离显得更为遥远。双方在经济文化诸方面的沟通交流，其艰难程度远非我们今天一般人所能想象。然而，中原的高度发达与古滇的缓缓后进之间所形成的巨大落差，并没有阻止具有强大渗透力的中原文化通过各种管道给予滇文化以深刻的影响。这一影响虽艰难曲折，但毕竟又随着久远的历史演进而不断扩大与深化。

战国时期，楚将庄蹻率军入滇，称王于滇中，时日一久，将士们尽皆"变服从其俗"，融入当地土著（"蛮"和"夷"）文化中去了。此一番楚融于滇的文化碰撞，实开了中原文化长期影响滇文化的先声。汉武帝元封二年（公元前109年），滇王降汉，汉以其地（今滇池一带）设益州郡，开始了中原王朝对古代云南的实际统治。汉晋、南北朝时期，内地更迭频仍的政权对滇地的虽松散乏力但仍持续不断的统治，以及内地移民的不断到来，渐次将浓郁的汉文化之风吹进了一向为高山大川深锁其门户的这一方边远蛮荒之地。例如出土于云南曲靖的早已蜚声海内外的那两块南碑瑰宝——《爨龙颜碑》和《爨宝子碑》，就是很好的明证。公元8世纪中叶，南诏国统一云南。一方面，南诏王室积极引进并学习汉文化。南诏曾虏唐嶲州西泸县令郑回，南诏雄主阁罗凤"以回有儒学……甚爱重之"（《旧唐书·南诏传》），后更委以清平官①要职。而据郑回所撰《南诏德化碑》碑文②，阁罗凤本人更

---

① 《新唐书·南诏传》："官曰坦绰，曰布燮，曰久赞，谓之清平官，所以决国事轻重，犹唐宰相也。"

② 历来典籍和大多数学者都认为或倾向于认为《南诏德化碑》的作者是郑回。1978年，有学者撰文论证，此碑作者并非郑回，而是王蛮盛。1985年至1987年王宏道先生在《云南社会科学》和《云南民族学院学报》接连发表《〈南诏德化碑〉碑文作者为王蛮盛质疑（上）》《〈南诏德化碑〉碑文作者为王蛮盛质疑（下）》《"〈南诏德化碑〉作者问题答疑"读后驳答（上）》三篇文章。王文论据丰富翔实，论证深入周详，分析透彻明晰，逻辑周密顺畅，得出确定不疑的结论：碑文作者，就是郑回。王文此一结论，大约可为《南诏德化碑》作者一案定谳。然而，自20世纪90年代以来的多种著述，既无视（或根本未睹）王氏之论，亦不自作深入考辨，率尔即认定此碑作者为王蛮盛，不能不令人十分遗憾！笔者认为，今后凡欲论此碑作者问题者，皆当研读王文而后言之。

是"不读非圣之书"。另一方面，唐王朝积极扩大汉文化对南诏的影响。唐剑南西川节度使高骈《回云南牒》称，唐王朝对南诏曾"许赐书而习读……传周公之礼乐，习孔子之诗书"。正是在双方的共同努力下，汉文化对南诏产生了深广的影响，由此南诏国中出现了"人知礼乐，本唐风化"（《新唐书·南诏传》载阁罗凤孙、南诏王异牟寻语）之景象。继南诏而起、大体上与中原两宋王朝相始终的大理国，由于赵宋王朝无力远顾，加之佛教盛行，其受汉文化的影响实较南诏为弱。元灭大理，建云南行省，兴学校，建孔庙，播儒学，使云南境内不少地方"师勤士励，教化大行"[①]。明清两代，云南被纳入中央集权政府的直接统治，于是移军屯戍，沟通商贾，发展矿业，更广置学校，推被儒学，开科取士，使云南子弟翕然向学，云南文化蓬勃发展。袁丕钧《滇南文化论》谓明代云南文化有"骎骎与江南北地相颉颃"之盛，当非虚语。可以说，在元代以后，尤其是明清，中原汉文化全方位地直接渗透融合进滇文化之中，并成了滇文化中具有主导意义的重要成分，成了滇云各族人民生活、生产尤其是相互交往赖以维系的主要纽带。

汉文化对滇文化影响渗透的进程也反映在文学领域。今见于典籍的古滇最早的汉文歌诗，主要有西汉武帝时的《渡兰沧歌》和东汉明帝时的《白狼王歌》。总的看，古滇早期的歌诗、文学已受到汉文化、文学的浸染，但这浸染还明显缺乏深度和广度。南诏、大理国时期，汉文歌诗和文章，在量与质上都有了较大的发展。南诏布燮[②]杨奇鲲的《途中诗》和大长和国[③]布燮段义宗的

[①] 支渭兴：《中庆路增置学田记》，见方国瑜主编《云南史料丛刊》第六卷，云南大学出版社2000年版，第371页。

[②] 《新唐书·南诏传》："官曰坦绰，曰布燮，曰久赞，谓之清平官，所以决国事轻重，犹唐宰相也。"

[③] 大长和国：公元902年，南诏权臣郑买嗣（郑回七世孙）篡夺南诏，建立大长和国。公元926年，大长和国灭亡。

《思乡》，均被收入《全唐诗》，即是突出的例证。而《南诏德化碑》碑文，更是曾被史家评为"胎息左氏，其辞令之工巧，文体之高洁，俱臻上乘。三千余言，一气呵成，名章隽句，处处有之，在有唐大家中，亦不多觏"[1]。此碑之铭文，亦被评为"掷地有金石声，非凡响也"[2]。元代云南汉文化影响持续扩大，但汉文学作品见诸记载者极却为有限，此中原因，尚待云南地方文学史家探究。明清时期，伴随中原汉文化全方位渗透融合进滇文化之中，云南汉文学情势大变，云蒸霞蔚，顿显壮观。当时已有多种诗文总集、合集、选集刊行于世，如《滇南诗略》《滇南文略》《滇南诗选》《滇诗嗣音集》《滇诗重光集》等。民国时期编纂的《新纂云南通志》，著录已刊、未刊的个人诗文集达千种左右。而民国时期编辑出版的《滇文丛录》和《滇诗丛录》也各有一百卷之多。借用前引袁丕钧《滇南文化论》之语，则明清时期云南诗文之盛，亦可谓"骎骎与江南北地相颉颃"矣。总而言之，汉文化、文学对滇云文学的影响，由浅入深，由窄趋宽，至明清而达于极致，这与汉文化对整个滇文化的影响渗透历程若合符契。

二

元代以前，云南（"古滇""滇云"）文学理论尚未得到发展。一方面，文学理论的产生总有赖于文学创作实践的一定程度的发展。元代以前，发展相对稚弱的滇云文学还不足以成为孕育文学理论产生的合适的土壤。另一方面，其时相对稚弱的滇云文学尚未有对理论的较为明确的需要，故面对早已走向成熟的中原汉文学理论也未受到明显的影响。明代以后，随着滇云汉文学的

---

[1] 徐嘉瑞：《大理古代文化史》，云南人民出版社2005年版，第206页。
[2] 徐嘉瑞：《大理古代文化史》，云南人民出版社2005年版，第206页。

日趋兴盛,云南文学理论开始萌生并逐步走向相对繁荣。确切地说,云南古代文学理论的相对繁荣,不是出现在滇中风雅刚刚兴起且其"文采风流,极一时之选"的明代中叶,而是出现在云南汉文学获得持续、稳固、长足发展的清代乾嘉以后。与中原文论相较,云南文论的发展呈现出明显的滞后性。它发展、繁荣既迟,结束得也晚。它的尾声,大致在20世纪30年代[①]。

2001年,我选编的《云南古代诗文论著辑要》由中华书局出版,在前言中,曾就云南古代诗文论著的存佚情况作过如次简要概述。"在云南古代诗文论著中,诗话一类著作占有最突出的地位。云南古代诗话,有的已有目无书,有的曾经为其他著作提及而现已散佚,有的则仍流传至今。有目无书的,据史载,约有《榆门诗话》《古今诗评》《诗法探源》等十种左右。为各类著作提及而现已散佚的,有《方黟石诗话》《贮云诗话》等数种。流传至今的,有《荫椿书屋诗话》《筱园诗话》等十余种。从形式和内容上看,除了兼收云南地方诗人诗作并予以论说评赏以外,云南古代诗话完全与中原古代诗话一脉相承。在内容方面,各部著作常有自己的侧重点。有的偏重于保存滇中的诗人诗作,如檀萃《滇南诗话》[②]、袁嘉谷《卧雪诗话》;有的偏重于记载滇中诗人的断篇、逸事、掌故,品评滇中诗人诗作,如师范《荫椿书屋诗话》;有的偏重于对汉文学史上的诗人诗作进行广泛的评论,

---

[①] 本丛书所谓"云南古代文学理论",一方面包括产生于云南古代的汉文学理论,另一方面也包括云南近现代人所写的在理论对象、理论内容、思维方式、表达方式等几乎所有重要方面都与"中国古代文学理论"一脉相承,在理论上完全可以而且应当归入"中国古代文学理论"范畴的那些文学理论论著。

[②] 外省籍人士撰写于滇的诗文论著,一般并不划入"云南古代诗文论著"的范畴,如杨慎的《升庵诗话》等。但,檀萃的《滇南诗话》应是一个例外。檀萃虽系安徽望江人,但居滇数十年,其《滇南诗话》十四卷,收有他和他的滇中友人、学生,以及滇中淑女、僧道,并流于滇、客于滇、宦于滇者,共约三百家的大量诗作,其作大多与滇密切相关。《滇南诗话》之名,颇符其实,故视其为"云南古代诗文论著"之属,应当是可以的。

如陈伟勋《酌雅诗话》、严廷中《药栏诗话》、由云龙《定庵诗话》；有的在品评历代诗人诗作的同时，更注重文学理论问题的探讨，如王寿昌《小清华园诗谈》、许印芳《诗法萃编》、朱庭珍《筱园诗话》等。当然，著作虽有所侧重，却又常常程度不等地含有上述多个方面的内容。从文学理论的角度看，《酌雅诗话》《小清华园诗谈》《诗法萃编》《筱园诗话》等的价值更高一些。其中尤其是《诗法萃编》和《筱园诗话》不仅可视为云南古代文学理论的冠冕，即使置诸整个中国古代文学理论史上，也称得上是富有特色的佳作。除诗话外，据不完全统计，现存的云南古代诗文论著尚有：各种诗文集的序文跋语千篇左右；论诗文的专题论文十数篇；论诗诗数种百余首；论文赋一篇；与友人论诗文的书信若干……"由于除诗文理论著述以外其他文学理论类别（如小说理论、戏剧理论）的著述极为少见，故所谓"云南古代文学理论"的主体，就存在于云南古代诗文论著之中。换言之，云南古代文学理论的基本规模和存佚情况等，大体即如《云南古代诗文论著辑要》"前言"之所述了。[①]这里，要向为云南古代诗文论著的保存做出过贡献的滇中历代先辈贤哲致以深深的敬意与谢意，因为正是他们持久不懈的苦心搜求、精心呵护、细心整理，才使得云南古代文学理论能够以如此可观的规模保存至今！

20世纪80年代以前，除对中国古代文学理论搜求极广、研究甚深的郭绍虞先生以外，对云南古代文学理论有较多关注的学者几乎难以见到。80年代中后期到90年代前中期，一批云南本土学者始对之展开了初具规模的群体性研究。蓝华增先生的

[①] 可以预期，本丛书最终完成时，对于《云南古代诗文论著辑要》"前言"所述之云南古代文学理论的基本规模和存佚情况等，很可能会有适度的修正和更为确切一些的描述。

《云南诗歌史略——赵藩〈仿元遗山论诗绝句论滇诗六十首〉笺释》、张文勋先生等的《许印芳诗论评注》、张文勋先生主编《滇文化与民族审美》中之"汉文化浸润的滇云文学理论"一章（张国庆执笔）以及杨开达先生关于朱庭珍《筱园诗话》研究的系列论文，是这一群体性研究的主要代表。之后，相关研究进一步展开。2001年，中华书局出版由我选编的《云南古代诗文论著辑要》，对于相关研究在云南乃至全国范围内的广泛展开起到了一定的推动作用。据粗略统计，截至目前，新增的相关研究专著有李潇云博士的《清代云南诗学研究》（中国社会科学出版社2017年版）和王欢博士的《朱庭珍诗论研究》（待出版）两种，相关的研究论文已达四十余篇之多，其中对朱庭珍《筱园诗话》的研究尤为集中突出，成果也最为丰富。

三

2017年10月，在云南大学文学院领导的支持下，以云南大学为主，在昆多所高校老中青三代近二十位学者发起成立"云南大学中国古代文论研究中心"。几年来，在广泛开展多方面学术活动的同时，中心一直以云南古代文论为学术研究的聚焦点，同人取得共识，要对云南古代文学理论的基础文献资料做一次比较全面的搜集整理，并要对其中比较重要、集中的一批资料（即现存诗话）进行系统的初步研究。2018年，中心申报的课题"云南古代文学理论的文献整理研究"（项目编号：JD2018ZD09）获云南社科规划办批准为云南省哲学社会科学研究基地重点课题。经中心研究，决定编纂《云南古代文学理论文献整理与研究丛书》，丛书由如下两个部分组成。

第一部分，是通过对现存十余部云南古代诗话展开文献整理和理论研究工作后，形成的十余部整理研究专著。各部专著，统名之曰"笺注"，如整理研究《筱园诗话》的专著，即名之曰"《筱园诗话》笺注"，余类推。各书大抵含三至五个部分，依序如次。

其一，丛书序。

其二，各部专著之前言。前言交代或讨论笺注者认为有必要交代、讨论的相关情况或问题。

其三，诗话文本笺注。

各部诗话中原来的各条正文之间，一般并不排序，笺注时各条正文前加括号按（一）（二）（三）……顺序排列。这在一定程度上有改变诗话原貌之嫌，好处是使诗话排列显得有序，眉目更加清晰，能为研究者提供较多方便。注释主要为正文中之人名、地名、引文、疑难词语、出典故事等而作，注释的宽窄详略，笺注者视情况自行处理。当正文内容需要引申讨论时，给出笺释文字。

其四，根据各部诗话的具体情况，有的著作可专设对于该部诗话或该诗话作者之诗学进行研究的一个部分，以展开深入的理论研究；有的专著不设此一部分，则仍须在前言中展开关于所笺注诗话或其作者诗学的必要理论探究。

其五，根据各部诗话的具体情况，确定设或不设"附录"部分。

第二部分，是通过普查广搜，将除诗话外广泛存在于云南各种历史文化典籍中的与文学理论相关的分散篇什（专题论文、论诗诗、论文赋、与友人论诗文的书信、各种诗文集的序文跋语……）尽量搜集起来并加以整理，从而形成的《云南古代文学理论散论汇编》若干册。该汇编作为云南古代文学理论除诗话以外的最基础的文献汇集，以历史年代为序编排内容，不做过多的讨论研究，仅作少量最必要的注释。

上述两个部分，分别或共同有着一些大致统一的编写体例，为免冗赘，这里只指出其共有的编写体例之一，即：采用简体字，不用异体字。中华人民共和国文化部和中国文字改革委员会于 1955 年 12 月 22 日联合发布《第一批异体字整理表》，淘汰、停用了 1055 个异体字，一般来说，本丛书凡遇到《整理表》所确定的异体字，基本都改为相应的简体字。要特别说明的是，在特殊情况下，本丛书也会使用异体字。主要是遇到人名、地名中有异体字时，根据"名从主人"的原则，仍用原字。比如，"堃"是"坤"的异体字，一般情况下，"堃"改作"坤"；而当"堃"出现在人名、地名中时，仍作"堃"。

丛书的两个组成部分，其工作有先后之分，即诗话笺注在前，散论汇编在后。目前诗话笺注部分已有多部著作接近完成并将于本年度内出版，其余的大致也将于明年付梓。散论汇编工作将随后展开，预计于 2024 年内完成。

四

本丛书的编纂，有几个重要的意义。首先，是对云南古代诗话第一次进行集中、全面的整理和研究。之前虽有一些整理（如拙编《云南古代诗文论著辑要》），也有一定的研究（如张文勋先生等《许印芳诗论评注》），但总体上在广度和深度上都远不能和这一次的整理与研究相比。其次，对云南古代文学理论基础文献资料第一次进行全面的搜集整理。之前虽也有过一些搜集整理（如蓝华增《云南诗歌史略——赵藩〈仿元遗山论诗绝句论滇诗六十首〉笺释》、拙编《云南古代诗文论著辑要》等），但其规模格局同样远不能和这一次的搜集整理相比。再次，是发现并解决了一些文献版本方面的重要问题。比如，朱庭珍《筱园诗话》现在的通行版本是《云南丛书》本，其采用的是朱氏写定于1877年、梓行于1884年的《筱园诗话》第三次修订稿。王欢博士之前在撰写其关于《筱园诗话》研究的博士学位论文时已发现，云南省图书馆现藏有朱氏改定于1880年、曾刻于1885年的《筱园诗话》第四次修订稿（即《筱园诗话》之"筱园先生自订钞本"），与《云南丛书》本相较，此稿不惟在原有三篇自序外增加了第四篇自序，在卷一、卷二、卷四中共增补了四段文字，而且与《云南丛书》本在细部文字方面出入多达两百来处，显然，此稿在前三稿基础上作了不小的改动。这一次整理《筱园诗话》，王欢即以"筱园先生自订钞本"为底本，而以《云南丛书》本和以《云南丛书》本为依托的多部现当代《筱园诗话》整理本为参照来进行笺注。相信王欢这一整理工作的完成，将提供之前一般未曾得见的《筱园诗话》的另一个同样值得信赖而内容更加丰富的版本，这将给目前国内学术界日益升温的《筱园诗话》研究热进一步提供基础文献方面的更多支撑。又比如，刘炜教授在笺注严廷中《药栏诗话》时，发现云南省图书馆藏有一个本子，比目前《药栏诗话》的通行版本《云南丛书》本多了诗话十一则，且《云南丛书》本细部多处模糊或有错讹的地方该本子都刻印得清楚准确，《云南丛书》本有几处将两条诗话合刻为一的情况该本子也没有出现，而是分刻得清清楚楚。刘炜《药栏诗话笺注》采用了这个本子。目前尚不能落实的是，该本子究竟是《云南丛书》本之外的另一个版本呢，抑或它就是《云南丛书》本所据的原始底本。无论是哪一种情况，刘炜《药栏诗话笺注》都将提供给学界和读者一部较具新貌的《药栏诗话》。① 最后，是纠正了包

---

① 关于王欢、刘炜二位所遇到的著作版本问题，这里谈两点看法。一、《云南丛书》所收录的大部分文献，辑刻于1914—1942年间。其收入《筱园诗话》第三稿而未收入作者手订的、内容更为完备的《筱园诗话》第四稿的原因，估计是1942年以后（转下页）

括拙编《云南古代诗文论著辑要》在内的现当代一些相关文献整理著述中的不少疏误。本丛书编纂的意义也许还有一些，但以上四点乃其荦荦大者。若一言以括本丛书编纂之意义，则：在云南学术史上，本丛书对云南古代文学理论的基础文献资料第一次进行了较为全面的发掘、整理和研究，将使这一基础文献资料首次以近乎全面的清晰的面目呈现在学界和世人面前，从而有力地推动有关云南古代文学理论的整体研究持续向前，更上层楼！

本丛书的编纂毫无疑问具有重要学术意义，但我们也清醒地认识到，相关基础文献资料的搜求整理不可能毕其功于一役，对基础文献资料展开研究更将是一项历时久远的学术工程，本丛书所进行的整理与研究，以学术史的眼光来看，仅仅是完成了一项初步的工作而已。本丛书的撰写者都是云南高校拥有高中级职称或博士学衔、从事中国语言文学专业教学与研究多年的中青年教师，因为确知点校、笺注古书极为不易，故在工作中时刻都怵惕

（接上页）第四稿始入藏省图书馆，故省馆虽藏而《云南丛书》未及收。二、《药栏诗话》的版本似存在两种可能。首先，很可能现今省馆所藏而《云南丛书》未收之本，同样是1942年以后始入藏省馆的。其次，也可能该本早藏省馆，且正是《云南丛书》本所据底本，但因为当年可能存在的多方面（手民、编审、经费……）的问题而导致《云南丛书》本漏误多有，质量不佳。除《筱园诗话》《药栏诗话》二书外，这里还要提及云南诗论家王寿昌的《小清华园诗谈》，早年出版的拙编《云南古代诗文论著辑要》曾考证指出，《云南丛书》所收的《小清华园诗谈》只是其雏形、初稿，而其完本或定本则另有他藏，并于后来被收入郭绍虞编选、富寿荪先生校点的《清诗话续编》（上海古籍出版社1983年版）。笔者在此处比较集中地提及云南古代诗话整理中遇到的版本问题，是想就此提出两点建议。一、今后学者凡依据《云南丛书》进行文献整理工作，都应该对相关文献的版本问题予以特别的关注，这既有助于保证自家整理工作的质量，也可帮助发现《云南丛书》在版本等方面可能存在的问题，相信经过月累年积，最终当可对提升《云南丛书》的整体质量发挥积极作用。二、省图书馆等相关部门，似应将相关问题纳入视野并予以长期关注，以期当重印或再版机会出现时，能汲取一切相关研究成果，全面解决《云南丛书》在版本方面可能存在的问题，进一步提升《云南丛书》的整体质量。《云南丛书》是记录云南古代（汉代至明清）至民国初年极为丰富的历史文化、社会生活和思想精神的文献总汇，是云南地方文献的百科全书，是云南地方文史研究者们历来极为珍视的文献宝库，其编纂质量的哪怕是些微的提升，对云南的文化与学术建设的整体事业而言，都是有着重大意义的！

在心，勤勉于行，争取尽量减少可能出现的疏误，以确保丛书的完成质量。虽则如此，疏误的出现，当在所难免。编纂者们始终抱持谦虚谨慎的态度，在丛书问世后将虚心地面对学术界和广大读者可能提出的质疑和批评，以期他年有机会时能以具有更高学术质量的相关成果奉献于世。

五

缕述至此，谢意衷出。首先要感谢参与丛书工作的众多同人尤其是丛书的每一位执笔者，以及在搜寻相关学术资料方面为丛书撰写提供了重要帮助的我的研究生丁俊彪同学，正是他们勤勉严谨的工作，保证了丛书以较好的学术质量顺利完成。其次要感谢丛书的两位副主编段炳昌教授和孙秋克教授。二位不仅对丛书的编纂提出过重要的建设性意见，而且参与了丛书的组织领导工作，分别审读了丛书的部分初稿并提出了很好的意见和建议。再次要感谢云南大学文学院的多任领导，他们的鼓励和支持是本丛书从酝酿启动到最后完成的重要保证。还要感谢中国社会科学出版社的有关领导和编辑人员，他们的大力支持和辛勤劳动是本丛书能够以较好质量顺利出版的有力保证。最后要感谢吾师张文勋先生。先生于20世纪50年代开始学习和研究中国古代文学理论、文艺理论、文艺美学，其后数十年深耕不辍，成就斐然。又于80年代初引我踏上中国古代文论研究之途，复于90年代初为我开启云南古代文论研究之门，今再以九十六岁高龄欣然挥毫为丛书题署书名，此皆深铭我心。在中国古代文论和云南古代文论研究领域，文勋先生贡献良多，声誉卓著，松柏长青！

2001年，当拙编《云南古代诗文论著辑要》出版时，我曾题"书《云南古代诗文论著辑要》后"小诗一首，此时欣然忆及，直觉得当日之所曾吟与刻下之所欲语竟毫无二致。遂改其题而移诗于下，借以为此序之结。

  题《云南古代文学理论文献整理与研究丛书》
    汉风千载漫吹拂，
    边地云山气象殊。
    兰楱捧出君细看，
    从来滇海蕴明珠。

    壬寅新春 谨叙于云南大学东二院

前　言

清代云南剑川举人陈伟勋有《酌雅诗话》传世，《丛书集成初编》《云南丛书》收录，吾师张国庆先生亦将其选录在《云南古代诗文论著辑要》一书中。刘勰《文心雕龙·宗经》云："若禀经以制式，酌雅以富言，是即山而铸铜，煮海而为盐者也。"关于此处之"雅"，有的认为指《尔雅》，有的认为指"经书中雅正的语言"。著者取后者，将"雅"理解为《易》《书》《诗》《礼》《春秋》等儒家经书中雅正的语言。① 黄侃《文心雕龙札记》认为"禀经以制式，酌雅以富言"二句"为《宗经》篇正意"。② 可见，陈伟勋的诗歌鉴赏和理论是以儒家思想为指导的，遂将己之论诗著作取名为《酌雅诗话》。

关于陈伟勋《酌雅诗话》的诗学思想，学术界偶有论及，其中段炳昌先生的论文最为详尽，本笺注在征得作者同意的情况

---

① 参见张国庆、涂光社《〈文心雕龙〉集校、集释、直译》，中国社会科学出版社2015年版，第49—50页。

② 黄侃撰，周勋初导读：《文心雕龙札记》，上海古籍出版社2000年版，第17页。

下，将其附录于文末，以供读者参考。

　　《酌雅诗话》笺注是吾师张国庆先生主持的2018年云南省哲学社会科学研究基地重点课题"云南古代文学理论的文献整理研究"（项目编号：JD2018ZD09）的研究成果之一。长期以来，《酌雅诗话》都没有单独的笺注本。《云南古代诗文论著辑要》已先行对《酌雅诗话》进行过简略笺注，为本笺注更详细、更全面的工作奠定了坚实的基础。所以，《云南古代诗文论著辑要》所选《酌雅诗话》及注释成为本笺注的极其重要的参考版本之一。笔者在吾师及段炳昌先生、孙秋克先生的鼓励和指导下，不自量力地承担起《酌雅诗话》的笺注任务，但愿不要辜负三位先生的期望。本笺注对《酌雅诗话》中的人名、地名、生僻字词、重要典故、重要古代文化知识、关键诗句文句出处等作必要注释，然后进行"笺"的工作。"笺"先归纳笺注者划分的各段的诗歌思想、观点，然后进行或详或略的评论引申，从而更全面更深入地揭示陈伟勋的诗学思想。本笺注开篇为张国庆先生的总"序"，其次是笔者因笺注而撰写的"前言"，就是讨论《酌雅诗话》的得与失，再次就是注和笺，这是本书的主体部分，最后是陈伟勋的生平资料、诗文辑佚和《酌雅诗话》已有的代表性研究成果。

　　陈伟勋"学宗程朱，取法宋儒"，性情纯正，著有《酌雅诗话》，其人其书互为映照。因之，《酌雅诗话》紧紧围绕孔子"思无邪"立言，反映了清代中后期以儒家诗教思想为宗的主流诗学思想，其得失均因其对"思无邪"的极力推崇而形成。下面，在对《酌雅诗话》进行详细笺注的基础上，以《思无邪：〈酌雅诗话〉的诗学思想及其得失》为题，对陈伟勋的诗学思想进行较为深入系统的分析评述。

　　《云南丛书书目提要》这样介绍陈伟勋和他的《酌雅诗话》：

"陈伟勋字全①门,号酌雅,自号'酌雅主人',剑川人。道光壬辰(十二年,1832)举人。生平著有《味道轩诗集》、《慎思轩文钞》、《女训》、《女等》传世。伟勋学宗程朱,取法宋儒,言诗本三百篇无邪之趣旨,得风雅性情之正轨,抵排浮屠,攘斥淫词。故此书以朱子《感兴》诗并自步原韵二章及《辟邪说》诸篇冠首;以明人瞿佑(字存斋)之《归田诗话》所载《莺莺传》一则次后;又次论陶渊明诗;余引古代诗话或诗句合乎理性者加以论断;亦载入自己所作诗。综观此书,在于微词异端,阐发政教,至乎'思无邪'之言。晋宁方树梅称此书'析理至清,持论至正'。有人亦认为此书'不当专以诗话目之'。全书几近百则,厘为三卷,卷端载道光己酉(二十九年,1849)中秋前三日酌雅主人《自序》,卷末又载有《自跋》。收入《云南丛书》初编,《云南丛书总目》题'陈伟勋撰',经审定原书内容,应题作'纂者'更为确切。"②

《新纂云南通志》卷二百三十四《文苑传》载:"陈伟勋,号金门,剑川人,道光壬辰举人。性孝友,事父母,五十犹孺慕。游学于外,所得束脩与昆季共之。授徒严守宋儒规条,以穷理尽性为宗,即贵游子弟不稍宽,故及门多登科甲入馆选者。从学使杜受田校文山西,或以多金通关节,伟勋力拒之,为杜所深嘉。晚年归里,值滇乱,忧愤成疾,卒于家。著作皆道德经济之言,兵燹散佚,今惟存《味道轩诗》、《酌雅堂诗话》、《训友语》等书。"③

---

① "全"应为"金"。参《新纂云南通志》卷二百三十四《文苑传》,《云南丛书书目提要》误。其实,从我国古代封建社会盛行皇帝避讳的传统来看,也不可能是"全",因为这与文字狱大盛时期的"乾隆"皇帝的"乾"读音十分相近。

② 云南省文史研究馆纂集,李孝友、张勇、余嘉华执笔:《云南丛书书目提要》,中华书局2010年版,第280页。

③ 转引自张国庆选编《云南古代诗文论著辑要》,中华书局2001年版,第112页。下文凡引自该著,不再一一出注。

由上可知，陈伟勋历经嘉庆、道光、咸丰三朝，是大理剑川白族士人。他于1832年考中举人。在诗学思想上，陈伟勋"学宗程朱，取法宋儒"，力行以孔子论《诗经》"思无邪"之旨为论诗作诗之模则，须臾不离儒家雅正诗教观。难能可贵的是，陈伟勋的为人也很好地体现了其性情之正，如上引《新纂云南通志·文苑传》所载他力拒贿赂之事、为云南动乱而忧愤事等，均足证他为人能得性情之正。陈伟勋反对佛教，贬斥只注重华词丽藻的创作倾向，这些都是由其注重诗歌政教伦理而决定了的。下面，简略谈谈陈伟勋《酌雅诗话》主要的诗学思想及其得失。在笔者看来，《酌雅诗话》的主要诗学思想是围绕孔子的"思无邪"一语展开的，其所得与所失，基本也都是因其对"思无邪"之说的由衷推崇而导致的，因此，笔者下文之所论，可以一言以蔽之，曰：思无邪——《酌雅诗话》的诗学思想及其得与失。

一 "思无邪"：《酌雅诗话》的"言诗极则"

《论语·为政》云："子曰：'诗三百，一言以蔽之，曰："思无邪"。'"[①]"思无邪"出自《诗经·鲁颂·駉》篇，原诗有四章，分别是"思无疆""思无期""思无斁""思无邪"，意思是鲁公深谋又远虑、鲁公思虑真到家、鲁公不倦深思考、鲁公思虑是正道。在这里，"思"是语首助词，无实义。可是，在《论语》里，孔子所说"思无邪"的"思"字作"思想"解，意思是"思想纯正"。陈伟勋《酌雅诗话》所用"思无邪"即承续《论语》"思想纯正"之说。

《酌雅诗话自叙》指出："顾尝服膺思无邪之一言，以为是千古言诗极则。外圣人之言，舍性情之正而言诗，必非佳诗。"《酌

---

① 杨伯峻译注：《论语译注》，中华书局1980年版，第11页。

雅诗话》"后跋"云:"诗话虽只论诗,然苟归雅正,则兴感之易,有裨世道人心不少。……(诗歌)要中存风雅,外严律度,有辅于时,有补于名教……爰即以《酌雅》名之,大意在抵排异学,黜落淫辞。而凡有益于世道人心者,亦各因所触而推衍其说。至如吟风弄月等词,苟其有得于比兴之意,有合于风雅之旨者,亦取而附焉。总兢兢奉夫子'思无邪'之一言以为矩范而已矣。"

从诗学思想上看,陈伟勋欲以"思无邪"矫正受道佛影响的诗歌和属于"郑卫"之音的淫辞艳曲,因为它们"惑世诬民",他也反对"唐人诗中有赠某上人某禅师之作"。《酌雅诗话》论诗以朱子"感兴论二教诗"开篇,充分表明陈伟勋的诗歌主张和诗学旨趣。朱子《感兴》诗论道教云:"飘飘学仙侣,遗世在云山。盗启元命符,窃当生死关。金鼎蟠龙虎,三年养神丹。刀圭一入口,白日生羽翰。我欲往从之,脱屣谅非难。但恐逆天道,偷生讵能安?"朱熹认为,道教追求长生不死、羽化登仙是"逆天道",个体生命虽然得到延长,但是在精神上却得不到安宁。朱子《感兴》诗论佛教云:"西方论缘业,卑卑喻群愚。流传世代久,梯接凌空虚。顾盼指心性,名言超有无。捷径一以开,靡然世争趋。号空不践实,踬彼荆棘涂。谁哉继三圣,为我焚其书。"朱熹认为,佛教的空境、心性、有无等是人生"捷径",引得世人纷纷归向于它,但佛教流于空无,与儒家思想背道而驰,应该将其经典焚烧,以免惑乱人心。陈伟勋将朱子《感兴》诗视为"长夜漫漫"后的"红日中天",他步原韵拟作二首,为的是"发明朱子之意,兼伸景仰之私",诗中表达了对于道佛学说"安能容其书"的坚定儒家思想。由此可见,陈伟勋在《酌雅诗话》开篇即鲜明亮出自己的诗学主张,那就是恪守程朱理学,对诗歌受道佛影响深致不满,欲以儒家"思无邪"之诗教思想纠正之,以免诗歌走入歧途。

从结构上看，《酌雅诗话》形成了十分固定的诗学阐释模式，即先引其他诗话对某诗、某诗人及某诗歌现象的评论，然后以"己作诗"评论总结。因此，每一则诗话都是"思无邪"诗歌极则的一次生动演绎。经过无数则诗话的反复申说，"思无邪"诗歌极则可谓深入骨髓矣！如卷一第六则，先引《潇南诗话》"郊寒白俗"之论，次引《归田诗话》对陈师道、秦观"才思迟速"论，最后自作诗"总之诗以理性情，必得其正方可传"作结。通过这样一种模式，《酌雅诗话》最终确立了"思无邪"的诗学思想。

依据"思无邪"这个"千古言诗极则"，陈伟勋对我国文学史上的诗歌及其他作品展开评论，或肯定表彰，或批评否定。肯定的有"寓高致"的游仙诗、"有得于道"且"得风流之趣"的僧诗，否定的有《西厢》《聊斋》《红楼梦》等如同"妓馆之污"的"淫书"。认为《离骚》"芳草美人"之意在"爱君"，《诗经》"郑声"可"观列国之盛衰"。总之，诗歌要能"登大雅之堂"，不能"污蔑简编"。《酌雅诗话》纵论古今诗人，推崇"醇厚古茂，太初之音"的陶渊明和"诗中之圣"杜甫，表彰杜甫"虽颠沛中不忘苍生社稷"的爱国爱民精神。虽然称扬李白、苏轼、白居易的诗为"绝唱"，但是否定白居易、苏轼诗中的"赠妓忆妓之作"，陈氏颇为自豪地说道："窃欲于二公诗集中去此等篇以全其美，少年人或鄙笑之，老成人未必不称善也。"此口气颇似萧统批评陶渊明之《闲情赋》为"白璧微瑕"！批评元代"诗才冠世""人品高卓"的杨廉夫竟然作《香奁八体词》，指出这是"文章疵颣"，不禁替其"深惜之"。《酌雅诗话》还将"思无邪"细化为一系列可操作的诗歌评判标准，即"归于风雅，有补诗道，无蛊人心"，精神旨趣与"思无邪"这个"言诗极则"若合符契。

总之，陈伟勋以"思无邪"来要求自己的诗歌鉴赏和创作，在《酌雅诗话》中形成了一种"思无邪"的论诗模式，最终形成了"言诗极则"。以此极则论诗，对不符合儒家（其实更多的是宋儒）思想的诗歌进行批评和否定，因此看不到诗歌鉴赏创作的丰富性和多样性。

二 《酌雅诗话》诗学思想之得

《酌雅诗话》诗学思想之得在于其承续传统，异常坚执地以儒家思想为依归，倡扬"从人际关系中来确定个体的价值"① 的儒家主体人格修养。陈伟勋认为，诗人的人格修养要遵循程朱理学，排斥道佛等思想。总体来看，《酌雅诗话》彰显了我国诗学注重伦理道德修养的正统一派，是清代康熙初年至道光初年清王朝一系列政治、经济、思想和文化政策在诗学上的鲜明体现。②

首先，它极度重视诗人的儒家主体人格修养。

它举白居易《九日思杭州》、苏轼《怀钱塘》为例，认为是"忆妓赠妓"之诗；举杜甫《寄赞上人》、苏轼《赠辨才》为例，认为是"寄僧赠僧"诗。接着，陈伟勋自作两首诗评论之。"拙性难容脂粉气，狂歌不作香奁词。箧中今日搜存稿，尤喜曾无赠妓诗"；"名士尝当寂寞时，喜交方外与吟诗。生平我独成偏拗，不共僧流结一辞"。"拙性""狂歌""犹喜""偏拗""不共"，细细体会这些用词，在自谦、自傲、自损、自信中实蕴含陈伟勋对自己儒家式主体人格修养的坚定自信和无比骄傲之情。在这则

---

① 李泽厚：《中国古代思想史论》，生活·读书·新知三联书店2008年版，第201页。
② 黄保真、蔡钟翔、成复旺：《中国文学理论史（四）·清代卷》，中国人民大学出版社2009年版，第5—7页。如提倡程朱理学、重刊《性理大全》、编写《性理精义》、辑印《朱子全书》、重用"理学名臣"、提出"清真雅正"的衡文标准以规范文风等。笔者认为，上述官方政策深深地烙印于《酌雅诗话》。

诗话最后，陈伟勋还讲了一个亲身经历的故事：

"尝有一富僧，士类多与往来，及其老也，欲共寿之，求序于余。余曰：'和尚乃作寿乎？作和尚寿乃请我为文乎？'笑拒之而已。"

通过自己拒绝替富僧作序，表明了对佛教坚决拒斥的态度。的确，当士人都与这个僧人往来时，一定是看重他的钱，而不是他的人格、学识。陈伟勋一笑拒之的确令人解气，可见陈伟勋十分重视自身人格修养的养成，而交友自然应当格外谨慎。纵观文学发展的历史，那么多滥竽充数缺乏真情实感的酬唱文字难道还不能让后来者警醒吗？《酌雅诗话》径以"黠慧""恶""佞""胡僧丑态""邪"等称呼僧人，对佛教的坚决排斥彰显了对儒家的极度尊崇。

除了交友，陈伟勋还指出诗人的"生平际遇"对诗歌的影响，即要求诗人在人生经历中锻造纯正的性情，这样才能产生真实的情感，所作诗歌才能形成动人的力量，即："由来质地有敏钝，悲欢遭际各前缘。总之诗以理性情，必得其正方可传。"再如，以赵孟頫为例表明有才也要有节的儒家主体人格修养要求。陈伟勋自己"曾栽竹数次，亦多以腊月。读书处有一小轩，名曰'有竹居'"。在这里，他以竹自励，时刻提醒自己要做一个有节操的读书人。《酌雅诗话》中极度重视诗人儒家主体人格修养的论说还有很多，再举数则如下。

"诗以言志，以理性情，在古人已不废"；"情致不及，而忠厚过之"；"吾不知艳说刘、阮者，亦尝念及其家室作何安顿否？""二公（杜甫、白居易）皆以天下为心者，但白实际学杜耳"；"夫尤物足以移人，岂能移我不移于物之心？但置我心于淡，而视此物为顽，天下已无足移我者"；"惟习见乡邻多贫人，每欲推解，无力为之，奈何？""得志悦亲，最是人生得意事"；"君子非必恶富贵而趋贫贱也，圣贤中正之道，审富贵而安贫贱"；"至存胜人之心，高人之气，尤为荡害性情。知存心养气者，决不为此。戒之，戒之！"

《酌雅诗话》赞美《砮溪诗话》对陶渊明"欢言酌春酒""日暮天无云"的分析，赞叹道："黄公可谓靖节知己矣。抑非其学问真到明白处，性情直到纯静处，亦安能知此哉！"这里也特别强调了诗人主体的儒家式人格修养在其诗歌创作中的作用和影响。《酌雅诗话》提出："故学者平日所讲求正心修身，须求为德行实学，格物穷理；须求为经义实学，揆己度务；须求为经济实学，本领素裕，然后为有用之学，非无用之学也。"这也突出"正心修身""格物致知"的儒家君子人格，但也隐隐透露出清代中后期资本主义萌芽背景下的实学思潮。《酌雅诗话》又云："余谓诗之诐淫而不轨于正者，纵极风流冶艳，为人所不能为，亦陈后主、隋炀帝之流亚耳。"这也是要求诗人要性情雅正，否则将遗臭万年。

其次，它极度重视诗歌的儒家思想。

《归田诗话》云："其（元稹）作《莺莺传》，盖托名张生，复制《会真诗》三十韵，微露其意，而世不悟，乃谓诚有是人者，殆痴人前说梦也。"瞿佑在这里显然在替元稹圆场。对此，《酌雅诗话》斩钉截铁地指出："余谓《莺莺传》，乃淫书也。自有此书，世之年少读书人迷溺其中不少。后世复演为剧，于是村夫俗子及妇孺无知，胥感此而不禁淫心也。自来才子，言行多不雅驯，况见之著述以误后人，以污名教如此传者，悉诗书中罪魁也。宜禁而焚之久矣，又从而表章之，何哉？"陈伟勋自作诗云：

"晚唐长庆间，才子元微之。素作《莺莺传》，复制《会真诗》。其言实鄙猥，奈世多贪痴。但见读书人，观之为意移。恍已遇洛神，忽若来西施。心猿复心鹄，不禁纷交驰。此传将千年，贻误乃如斯。比之作俑者，厥罪何能辞。愿并异端书，焚使俱灰灭。"

衡之于文学史，陈伟勋此论不免有耸人听闻之嫌，他将元稹及其《莺莺传》的负面效果无限放大，真实用意在突出文学作品的儒家思想。《莺莺传》为后来的《西厢记诸宫调》《西厢记》等经典作品的完成定型奠定了坚实的基础，其功不可没。陈伟勋排斥佛教，鄙薄僧人，然于颇有审美情趣的诗僧也不吝赞美之辞。元朝僧人圆至《晓过西湖》云："水光山色四无人，清晓谁看第一春？红日渐升弦管动，半湖烟雾是游尘。"《酌雅诗话》赞其"胡内骊珠，被此人探去矣"。这些恰恰说明陈伟勋自己浓厚纯正的儒家思想。

陈伟勋在读了韦应物写兄弟之情的诸多诗篇后，深情地写道："余素深于兄弟之情者，今已无兄弟矣，言念不胜泪流。读韦苏州诗，知其拳拳于手足间者，有厚于天性者也。因赋此以勖子侄辈为兄弟者。"儒家知识分子自幼受兄友弟恭思想之熏陶，韦应物的兄弟深情想必真的感动了陈伟勋。陈伟勋不赞同以诗骂世，认为"处否之世，以言语贾祸者多矣。圣人'危行言孙'之教，允足为万世法程"，这显然是深受儒家思想影响而形成的圆滑的处世观和消极的诗学观。

陈氏又曾痛批《存斋诗话》所载文人以《杨妃袜》为题的作品，认为"杨贵妃蛊惑明皇，终以丧身亡国，千古殷鉴，惩创之唾骂之可也。虽其头面，却勿要刻划，乃齿及其所遗之一脚袜而争赋之以污吾笔墨乎！文人好事不经，往往如是"。此与其批评《牡丹》诗思想一致。他提出自己对这类咏史诗的一般看法，即"虽咏之可也，须持论正大，于凄惋中寓讽切意"，于此肯定了欧阳修《题安徽公主手痕》、杜甫《昭君出塞》〔应为《咏怀古迹（其三）》〕。大臣欲向君主进谏，要遵循东坡"愿言均所施，清阴及四方"式的"微婉"。此外，《酌雅诗话》"续编"又曾猛烈批评乾隆朝才子袁枚"廉耻道丧，害义伤教"。这些无疑是陈伟勋深受儒家思想影响而形成的诗学思想的生动例子。

再次，《酌雅诗话》对一些诗学概念的极度阐释。

在这里，姑以"理趣"这个诗学概念为例。《酌雅诗话》云："尝于'论世知人'之下，洞观其始终表里心迹，使斯人而在圣门，当不出季次、原宪下，而其胸次悠然，无人不自得之趣，在在与浴沂者等。"接着苏轼的话头，陈伟勋指出陶渊明深厚的儒家思想及其陶铸成的儒家式主体人格。以此为根基，引出其"其诗语语理趣，不可枚举"的特点。举例如下。

"'倾身营一饱，少许便有余'，可谓守分知足也；'众鸟欣有托，吾亦爱吾庐'，大有万物得所气象也；'欢言酌春酒'，'日暮天无云'，鱼跃鸢飞，并无纤毫障翳也；'既耕亦已种，时还读我书'，日用行习常此，无损无加也；'不赖固穷节，百世当谁传'？'朝与仁义生，夕死复何求'，是实有所得，为天地不虚生之人也；'及时当勉励，岁月不待人'，终日乾乾，自强不息也；'纵浪大化中，不喜亦不惧。应尽便须尽，无复独多虑'，即君子所性，富贵不淫，贫贱不移之大道也；'前途当几许，未知止泊处。古人惜寸阴，念此使人惧'，则有进无止，欲罢不能，过此以往未之或知之诣力也，诗味皆从理道中流出。"

陈伟勋每举陶渊明一联诗歌，就指出其蕴含的理趣，阐释这些理趣的主体内在根据，即陶渊明的儒家思想，这无疑是很深刻的。张国庆先生指出："陈氏的探究并未停留在'理趣'概念本身，而是更进了一层，直接指向了'理趣'赖以产生的主体根据。在这一探究中，他实际上接触到了审美主体经由极高的道德境界走向极高的审美境界这样一个颇为重要的美学问题。"[①] 张先

---

① 张国庆：《儒道美学与文化》，中国社会科学出版社2002年版，第155—169页。

生的分析是很有见地的。在文学史、文论史上，仅仅提出一个诗学概念似乎并不难，难的是怎么去阐释，《酌雅诗话》对"理趣"的阐释为我们作出了十分有价值的探索，值得文学史、文论史的重视。而且，其更大的意义，是在云南古代文学理论普遍缺乏理论深度的大背景下，陈伟勋对"理趣"的阐释显示了其边地诗人少有的理论视野和深度。

如所周知，儒家高度重视个体人格修养的醇厚质朴，重视社会文化思想的端正向善，这在中国古代，是有着非常积极的建设性意义的，儒家思想也因此成为中国古代整个社会文化思想最重要的主流和支柱。《酌雅诗话》谨奉"思无邪"为论诗圭臬，极力主张诗歌内容、思想的纯粹端正，虽然于具体讨论中常有拘陋之弊，但其崇儒守正的基本思想倾向，是有其所得并有其价值的。更为重要的是，陈伟勋"思无邪"的诗学思想与他"学宗程朱，取法宋儒"的纯正性情保持一致，人与文力求一致的坚守是非常难得且值得肯定的。此外，在对诗歌所作的具体批评中，《酌雅诗话》也不时能做出一些持平而合情合理的阐释。

三 "谨严中未免固执"：《酌雅诗话》诗学思想之失

事实上，《酌雅诗话》诗学思想之失与之得紧密相连。正因为它过度注重诗人的儒家主体人格修养，从而忽略了诗人以其他思想为养分而形成的其他人格，因此会将某一位诗人的主体人格修养理解得过分单一。正因为它过度重视文学作品内含的儒家思想，从而对作品中的其他思想进行主观遮蔽，或者对作品中体现的非儒家思想进行简单粗暴的道德判断，这对许多诗人、诗作其实都是一种主观偏见。正因为它极度阐释一些诗学概念，因此将一些体现了其他思想的诗歌也系于儒家名下，这种过度阐释造成了认识的模糊和褊狭。总之，《酌雅诗话》对儒家诗学思想的严谨恪守确确实实又让《酌雅诗话》形成了"固执"的弊端，甚至由此导致许多评论和判断的失误。

首先，将诗人的主体人格仅仅归于儒家思想造成的偏颇和固执。

《酌雅诗话》将诗人的主体人格仅仅归于儒家式人格并加以过度的强调，这就造成它比较多的去讨论伦理道德、风俗人心、求学择友、持身涉世、教育子侄、进德修业等问题，而对诗歌的其他思想和诗歌本身的艺术性讨论大大不足，因而造成对诗歌的诸多偏颇理解，放大了它的固执。众所周知，"诗言志""诗缘情"，抒情言志乃诗歌的本质，诗歌不仅承担社会的和教育的功能，还有其独特的审美功能。《酌雅诗话》过度聚焦于诗歌的社会、教育功能，却大大忽略诗歌的审美功能，因而导致《酌雅诗话》畸形的诗学思想。下面，举《酌雅诗话》中的一些典型例子来看。

《酌雅诗话》先引《渔洋诗话》，《渔洋诗话》认为《庄子》"宋元君将画图，众史皆至，受揖而立，舐笔和墨，在外者半。有一史后至者，儃儃然不趋，受揖不立，因之舍。公使人视之，则解衣般礴裸。君曰：'可矣，是真画者也'"。此段文字很好，指出"诗文须悟此旨"，接下来，《酌雅诗话》说："余谓何独诗文？士人奉身入世，须有倜傥不群之概，才处处见真精神。若猥琐龌龊，志气卑靡，未免余子碌碌也。为咏之曰：'众史舐笔何龌龊，一史后至特英妙。不趋不立儃儃然，目中何自有权要。解衣般礴旁无人，是何胸次谁能料？吾欲倩工画此图，常为儒生一写照。'"

本来，《庄子》中"后至"之史的行为风神是绘画等艺术创作时对创作主体的普遍要求，即要祛除名利欲望对艺术创作的干扰，让主体处于虚静的精神状态中，也就是"真精神"。若站在艺术的立场上而不强分儒道，那么这对文艺创作是有利的。然而，陈伟勋笔锋一转，生生从道家转向儒家，由文艺创作主体心境的养成转向儒生倜傥不群之精神上去了，转向涉身处世上面去了。可是，这是多么好的深入论述诗艺的机会，就这样被过度瞩目儒家式主体人格修养的论诗套路给截断了。这可以说是《酌雅诗话》对古代典籍的一种主观误读吧！

其次，由于过度强调诗歌的儒家思想而形成浓郁复古气息。

《酌雅诗话》引杨轩《牡丹》诗："杨妃歌舞态，西子巧逭魂。利剑斫不断，余妖种此根。"陈伟勋据此铺张演绎出君子怎样才能禁得住美色诱惑的道理，即"大程夫子目中有色心中无色，此亦几圣人地位，不容易言。伊川先生便是整齐严肃也……故学者非礼勿视之功，须戒慎于平日，尤须斩决于临时。……此最是学者下手工夫，即持之终身，可保无失者也。因于论牡丹诗后，赋长古一篇……"由一首《牡丹》诗引申出如此立身处世的大道理，不免给人说教之感，确实有"迂腐"① 之弊病。

《酌雅诗话·续编》批评袁枚，云："惟性爱近红裙，喜为狭斜之行，至门徒中有殊色者，且渔猎而狎昵之。此其一己之嗜欲，亦孰从而禁之者。乃至形诸歌咏，传诸笔墨，付诸枣梨，欲天下人皆知之而竞艳之。"在这里，《酌雅诗话》因袁枚生活方面的问题而否定其诗歌成就，这显然是不客观的。衡之于文学史，袁枚在当时诗学思想僵化的情况下倡扬"性灵"思想，这是很大的突破。陈伟勋正是囿于自己对儒家诗学思想的坚守，所以未能公正评价袁枚的诗学贡献。顾随先生指出："诗根本不是教训人的，是在感动人，是'推'、是'化'——道理、意思不足于征服人。"② 是的，诗歌是以情感发、感化人的，而不是以某种思想

---

① 蒋寅：《清诗话考》，中华书局 2007 年版，第 546 页。
② 顾随著，叶嘉莹笔记：《中国古典诗词感发》，北京大学出版社 2012 年版，第 3 页。

进行道德说教,更不能过度拘守"知人论世"之说而因人废言,甚至可能流于人身攻击。

再次,对诗学概念的过度阐释。

如前文所言,对"理趣"的极度阐释,的确可以增加诗歌思想的深度。然而,对诗学概念的极度阐释同时也是一种过度阐释,可能会主观性地取消某诗学概念的丰富性和多样性意蕴。这里仍然以"理趣"为例。

陈伟勋将陶诗充满"理趣"仅仅归于陶渊明的儒家思想和人格,这显然与陶渊明诗歌思想和精神根底多样的事实不吻合。就《酌雅诗话》所举陶诗例子看,恰恰说明陶渊明诗歌充满"理趣"不仅仅源于儒家,如"守分知足",大概更接近老庄思想。以"富贵""贫贱"之语评论"纵浪大化中,不喜亦不惧。应尽便须尽,无复独多虑",则稍显牵强,因为这明显源于道家。此句出自陶渊明《形影神》之《神释》,袁行霈先生分析道:"'形'义羡慕天地山川之不化,痛感人生之无常,欲借饮酒以愉悦,在魏晋士人中此想法颇为普遍。'影'主张立善求名以求不朽,代表名教之要求。'神'以自然化迁之理破除'形''影'之惑,不以早终为苦,亦不以长寿为乐,不以名尽为苦,亦不以留有遗爱为乐,此所谓'纵浪大化中,不喜亦不惧'。"[1]《酌雅诗话》所言陶渊明"在圣门,当不出季次、原宪下"云云,乃转引沈德潜《古诗源》中对陶渊明《咏贫士》之评论。沈德潜在《咏贫士》后写道:"不惧饥寒,达天安命,陶公人品,不在季次原宪下。"[2]《酌雅诗话》将前人评论儒家思想十分显豁的陶诗(《咏贫士》)的观点搬用至儒家思想不十分明显的陶诗(《形影神·神释》),

---

[1] 袁行霈:《陶渊明集笺注》,中华书局2003年版,第70—71页。
[2] (清)沈德潜选:《古诗源》,中华书局2006年版,第176页。

这是很不恰当的。所以,《酌雅诗话》对渊明诗的讨论实际上并未能客观展现陶渊明的思想。

实际上,《酌雅诗话》更多的是提出一些诗学概念,而并未似"理趣"这样深入阐释,这是其不足,也是其失,如"奇警""古雅""诗之所以能感人者,在言之有余不尽中能曲传难之意""指点紧切中含蓄无穷意味""诗贵含蓄有味""风流蕴藉""时景"……《酌雅诗话》往往以"诗法之妙,可知矣""诗中佳境妙处,不可胜言"等说辞一带而过,大多数时候是转向与诗艺、诗法无关的伦理道德、为人处世、戒己勉人等方面去了,从而在应该深入探讨的地方主观地停下了脚步。

最后,由于受到边地诗坛滞后的束缚,陈伟勋在《酌雅诗话》中大力标举"思无邪"这一儒家诗教思想,围绕此"言诗极则"反复申说,对诗歌创作、鉴赏的诸多理论问题反而思考肤浅,这是《酌雅诗话》最明显之失。张国庆先生在《云南古代文学理论概览》一文中曾指出《酌雅诗话》"涉及的理论问题较少",从而理论价值相对不高的客观事实。[1]

综上所述,由于清代乾隆至道光间盛衰发展的特殊历程及采取的特殊的文化政策,致使当时的士人持复古思想的占大多数,而具有突破创新思想的则是凤毛麟角。有论者指出:"虽然清代文学批评从外表来看也蔚为大观,气势不凡,著述不少,学说很多,但从提供新的思想观点与理论方法的角度来说,没有多大起色,向前发展的内在生机已近枯萎。"[2] 由此,《酌雅诗话》中极力推崇儒家圣贤、程朱理学、沈德潜(倡"格调说"),而批评主张"性灵说"的袁枚最为激烈,也就可以理解了。《酌雅诗话》

---

[1] 参见张国庆《儒、道美学与文化》,中国社会科学出版社2002年版,第155页。
[2] 袁济喜:《新编中国文学批评发展史》(第三版),中国人民大学出版社2014年版,第228页。

诗学思想之得在于其对儒家思想的尊崇和对儒家式主体人格修养的推崇，在于提出了一些重要的诗学概念，并偶有深入阐释。《酌雅诗话》诗学思想之失与其之得相对而存，其失在于过度尊崇、推尊儒家思想和儒家式主体人格修养，在于站在非诗歌的立场对有的诗学概念如"理趣"作了过度的阐释。这就是《酌雅诗话》诗学思想的得与失，这是时代、地域、个人等众多原因共同造成的。《酌雅诗话》还有一些其他诗学思想的得与失，其得如主张为诗与为人的统一（即人品与文品的一致）、防止诗歌误入歧途、注重诗歌的教育功能等；其失如论诗而将诗歌作为政教伦理的工具、不该转而陡转的笔锋、理论性不强、审美性缺失、品评失当（如对袁枚）等。纵观我国古代的诗话类著作，得失并存是很普遍的，这是由我国古代文学批评缺乏逻辑性、体系性的根本特征所决定了的。但是，只要读者能从中获取零星感悟，也就不必太过苛责。《文心雕龙·宗经》云："若禀经以制式，酌雅以富言，是仰山而铸铜，煮海而为盐也。"[①] 刘勰自觉地以"原道""征圣""宗经"开篇，其儒家思想为纲的文章思想十分明显。陈伟勋将论诗评诗之作命名为《酌雅诗话》，其瞻望彦和文论思想之志灼灼可见。然而，《酌雅诗话》运用儒家思想的"谨严中未免固执"使其诗学思想得失都非常突出且常常交织缠绕在一处，让后人难于遽下判断。"文章千古事，得失寸心知"，此论不虚。

---

① 刘勰著，范文澜注：《文心雕龙注》，人民文学出版社1958年版，第23页。

《酌雅诗话》笺注

自　叙

（一）

余非能诗者也，亦非知诗者也，何有诗话？顾尝[一]服膺"思无邪"[二]之一言，以为是千古言诗极则。外圣人之言，舍性情之正而言诗，必非佳诗。故尝持此意以论列风雅[三]。首正者，莫如邪说。邪说者，一释教，一淫辞是也。浮屠[四]之说，圣人之世无之。惑世诬民，莫此为甚。程子谓当如淫声美色以远之，不尔则骎骎乎入于其中[五]，痛切甚矣！唐人诗中有赠某上人某禅师之作，辄戒学者，令勿读此篇。

注：

[一] 顾尝：顾，动词，顾念或回头看；尝，副词，曾经；顾尝，回顾曾经（过去）。

[二] 思无邪：出自《论语·为政》："子曰：诗三百，一言以蔽之，曰：'思无邪。'"

［三］风雅：《诗经》有《国风》《大雅》《小雅》，后来用"风雅"泛指诗文创作和鉴赏。

［四］浮屠：有佛陀、和尚、佛塔等意思，也作浮图，这里指佛家学说。

［五］"程子"句：出自朱熹《论语集注》："佛氏之言，比之杨、墨，尤为近理，所以其害为尤甚。学者当如淫声美色以远之，不尔，则骎骎然入于其中矣。"

笺：

金门（陈伟勋字金门）于"自叙"开篇即立下《酌雅诗话》之魂魄，这个魂魄就是儒家"乐而不淫，哀而不伤"的以温柔敦厚为核心精神的诗教思想。初唐陈子昂（字伯玉）《与东方左史虬修竹篇序》云："东方公足下：文章道弊五百年矣。汉魏风骨，晋、宋莫传，然而文献有可征者。仆尝暇时观齐、梁间诗，彩丽竞繁，而兴寄都绝，每以永叹。思古人，常恐逶迤颓靡，风雅不作，以耿耿也。"陈伯玉之所以出此激愤之言，根本上是由于对仍然承续南朝绮靡、繁缛形式主义文风的初唐诗坛强烈不满，欲借提倡"汉魏风骨""风雅"改革彼时不良诗风，这无疑是充满现实批判精神的。相比之下，金门生当清朝由乾隆向道光过渡的时代，道光，清廷日薄西山，西方列强虎视眈眈。应该说，此时的诗歌创作和诗歌理论理应倡导反映现实的"风骨""风力"，甚至亟须倡扬诗歌的批判和反抗精神。然细观金门所论，其拘拘于儒家温柔敦厚的"思无邪"，顾左右而言他地谈论佛教思想对诗文创作的有害影响，应该说不仅没有切中时代弊病，甚至有故意逃避时代危机之嫌。杜甫《戏为六绝句》（其四、其五、其六）云："才力应难跨数公，凡今谁是出群雄。或看翡翠兰苕上，未掣鲸鱼碧海中。不薄今人爱古人，清词丽句必为邻。窃攀屈宋宜方驾，恐与齐梁作后尘。未及前贤更勿疑，递相祖述复先谁。别裁伪体亲风雅，转益多师是汝师。"[①] 是的，提倡风雅本没有错，但若不结合自己身处的时代而唯"风雅"马首是瞻，势必流于食古不化。杜子美之所以伟大，不仅因为他爱国，而更加重要的是，他更爱人民，因为没有人民就不会有国家。后世（尤其是明清）许多士大夫诗人和诗歌理论家多半自我感觉良好，殊不知他们已经脱离了时代，脱

[①] （唐）杜甫撰，（清）仇兆鳌注：《杜诗详注》（第四册），中华书局2015年版，第1088—1089页。以下杜甫诗歌凡出自该书，恕不再注明。

离了生活,更脱离了人民。由此,他们所出之言、所作之诗自然违背了诗歌抒情言志的本质。

(二)

特以朱子[一]《感兴》论二教诗为篇首。朱子论二教,亦有轻重。仙之说,诗中或用以寓高致尚可。至如丹灶金鼎,长生不老,白日飞升[二],荒诞无稽之论,宜与释氏,在所辟者。又或僧寺清洁,多可游赏,未尝不供吟咏。而或称及其佛,题及其僧,总不免为俗话[三]。有问于余者曰:"子之远佛如此,诗话中何亦采入僧诗二首?"余曰:"苟其有得于道,不汨没[四]于其寂灭之谈[五]而果得风雅之趣,则亦人其人而已。儒之取笑于此僧者尚多矣,何必归而不受哉?"

注:

[一] 朱子:南宋理学家朱熹(1130—1200),字元晦,号晦庵,江西婺源人。早年接受周敦颐、二程的学说。绍兴年间进士及第,历高宗、孝宗、光宗、宁宗四朝,短暂任过地方官及焕章阁待制、秘阁修撰,大部分时间授徒讲学。晚年遇韩侂胄执政,申禁道学,先被贬官,又被削籍,住在福建建阳县的考亭,世称考亭先生,学说被称为闽学。著述有《朱子文集》《朱子语类》《清邃阁诗论》《诗集传》等。政治上主张立纲纪、厉风俗,严申三纲五常等封建礼教,把加强思想专制作为治国之本。他在程朱学说的基础上,吸收历代儒学的可取之处,融汇佛家、道家的有益成分,建立了我国历史上最庞大、最系统的客观唯心主义思想体系。这个体系的最高范畴是理或太极,也就是道。成复旺、黄保真、蔡钟翔《中国文学理论史》认为:"这套学说出现在封建社会后期,是为了适应大地主阶级维护已经走上下坡路的封建专制制度的需要。"其文学理论提倡文道合一,提出"文从道中流出"的文学本质论,主张"文字自有一个天生成腔子"以及"平淡自摄"以待"真味发溢"等文学观,显然比其他道学家更宽容,这是因为朱熹本身就具有文学修养,他将道学与文学融合起来,并不

摒弃文学的艺术特征，而是认为平淡自然的文学风格是可取的，因为道学家最高的道德和精神境界的表现也归于平淡自然，所谓"有德者必有言"。朱熹在强调文学的教化作用的同时，不废文学的自然之美，这比周敦颐、二程都要高明，不能将其与那些将文学视为宣扬封建伦理道德进而对人民加强思想专制的道学家相提并论，尽管他也是一个典型的道学家。事实上，与朱熹生活在同一时代的陈亮（1143—1194）、叶适（1150—1223）已经对以朱熹为代表的道学家的思想和文学观点进行了全面的批评。①另外，元代赵孟𫖯有《朱子感兴诗并序》行书传世。

［二］丹灶金鼎，长生不老，白日飞升：皆道教神仙学说。

［三］俗话：站在传统的封建伦理道德的角度上，诗歌中涉及僧人当有悖礼教，故俗。

［四］汩没（gǔ mò）：埋没。

［五］寂灭之谈：指佛教梵语涅槃，意谓本体寂静，离一切诸相。《无量寿经》："超出世间，深乐寂灭。"寂灭多与清净连用，《俱舍论》卷十六："诸身语意三种妙行，名身语意三种清净，暂永远离一切恶行烦恼垢，故名为清净。"韩愈《原道》："今其（指佛教）法曰：'必弃而（汝，你）君臣，去而父子，禁而相生养之道，以求其所谓清净寂灭者。'"

笺：

金门于此欲阐明一种看法，即诗歌创作必须诋诽佛教、神仙等有害封建伦理道德的思想，但若诗歌并非以宣扬邪说为主，而是如有的僧人诗歌反倒呈现贴近自然之风雅情趣的话，那么，这种诗歌即使是僧人所作，也是可以加以褒扬的。应该说，金门重在汲取佛道的精神旨趣的确于诗歌是有益无害的。也就是说，金门并未"重在汲取佛道的精神旨趣"，相反，他是拒斥佛道的精神旨趣的。只是当佛道诗歌中呈现某些无关佛道基本精神旨趣而"贴近自然之风雅情趣"时，他才予以肯定。换言之，他肯定的不是"佛道的精神旨趣"，而是诗歌中的高致、风雅情趣等。在我国古代诗歌史上，诗歌因为玄学佛理仙境的

---

① 成复旺、黄保真、蔡钟翔：《中国文学理论史（二）·隋唐五代、宋元卷》"南宋部分"，中国人民大学出版社2009年版，第275页。

渗入而使诗歌情趣、境界大增的例子数不胜数,如玄言诗、游仙诗、王维的诗、李白的诗等。

(三)

至若古今淫书,不下数十百种。士大夫所同好者,莫如《西厢》、《聊斋》、《红楼梦》。是三书者,余尝比之于妓馆之污,不解其何以脍炙人口如此。昔有余杭同年[一],盛称"《聊斋》不可不读"者,余亟[二]为辨之,因著《辟蠹令》一篇,论淫书之蠹人心者甚悉。夫芳草美人[三],《离骚》托兴,其意在于爱君。三百篇中,淫风不一,圣人未之删者,欲以惩创人之逸志,亦以观列国之盛衰。其必法《韶》舞而放郑声者[四],正以其淫也,如《卫·硕人》一篇[五],形容至"手如柔荑,肤如凝脂"等句,可谓揣摩入神,抑[六]思其诗固何为而作,其用意果何在耶!后人淫词媟亵[七],污蔑简编,即不论其人而论其诗,已不可登大雅之堂已。

注:

[一] 同年:同榜登科者称为同年。

[二] 亟:副词,急速,赶快。

[三] 芳草美人:又作"香草美人",是屈原《离骚》奠定的我国古代诗赋的艺术表现手法。《史记·屈原贾生列传》云:"其志洁,故其称物芳。"① 东汉王逸《离骚经章句序》:"《离骚》之文,依《诗》取兴,引类譬喻,故善鸟香草,以配忠贞;恶禽臭物,以比谗佞;灵修美人,以媲于君;宓妃佚女,以譬贤臣;虬龙鸾凤,以托君子;飘风云霓,以为小人。其词温而雅,其义皎而朗。凡百君子,莫不慕其清高,嘉其文采,哀其不遇,而愍其志焉。"②

[四] "其必"句:出自《论语·述而》:"子在齐闻《韶》,三月不知肉

---

① (汉)司马迁撰,(宋)裴骃集解,(唐)司马贞索隐,(唐)张守节正义:《史记》,中华书局1982年版,第2482页。

② (宋)洪兴祖撰,白化文等点校:《楚辞补注》,中华书局1983年版,第2页。

味，曰：'不图为乐之至于斯也。'"《论语·卫灵公》："颜渊问为邦。子曰：'行夏之时，乘殷之辂，服周之冕，乐则《韶》《舞》。放郑声，远佞人。郑声淫，佞人殆。'"《论语·阳货》："子曰：'恶紫之夺朱也，恶郑声之乱雅乐也，恶利口之覆邦家者。'"

［五］程俊英认为《卫·硕人》是"卫人赞美卫庄公夫人庄姜的诗"，第二章赞美庄姜美貌尤为后世称颂，曰："手如柔荑，肤如凝脂。领如蝤蛴，齿如瓠犀。螓首蛾眉，巧笑倩兮，美目盼兮。"①

［六］抑：连词，表示轻微的转折关系，相当于"不过"。

［七］媒（xiè）亵（xiè）：轻慢淫秽。

笺：

金门于此不特拘守圣人思想，而且是误读圣人思想，认为孔子于《诗经》留下了"郑"乐是为了给那些奢靡淫逸之人敲响警钟。其实，由司马迁最早提出的孔子删《诗》已被后人证伪，故孔子并不存在以主观情感删减或存留《诗经》的事实。当然，从《诗经》各个诸侯国的诗歌来看，郑的音乐的确多为男女情感而发，在汲汲于复兴周礼的孔子看来，这确实有违礼义。可是，到了清代，读书人仍然固守圣人略微保守的思想，这不能不说是一种倒退。就是在清代，同为《诗经》的阐释者，方玉润《诗经原始》已经彰显出冲破封建礼教的一种崭新气象，可难免还是会遭到那些自以为恪守圣人规矩的腐儒们的攻击。也难怪，在清代，《西厢记》《红楼梦》《聊斋志异》会被视为"淫书"。金门甚至揣测"手如柔荑，肤如凝脂"蕴涵圣人什么深意，其实，当中哪里有什么深意，完全是杞人忧天而已。从这个角度看，金门的诗歌思想真的是过于保守，有时甚至因为一味替统治者维护专制统治而显出其反动御用的面目。如以此诗歌思想指导诗歌写作，势必将一切健康活泼的诗歌思想扼杀，从而阻止了文学的向前发展。

（四）

陶诗醇厚古茂［一］，太初［二］之音，诗与人均堪不朽。杜固诗

---

① 程俊英：《诗经译注》，上海古籍出版社2004年版，第88页。

中之圣，虽颠沛中不忘苍生社稷，所以可传。太白天才，东坡大才，乐天逸才，诗已为人间绝唱。但乐天、东坡多赠妓忆妓之作，未免脂粉。窃欲于二公诗集中去此等篇以全其美，少年人或鄙笑之，老成人未必不称善也。

注：

［一］"陶诗"句：梁代钟嵘《诗品·宋征士陶潜》："笃意真古，辞兴婉惬。每观其文，想其人德。世叹其质直。"① 沈德潜《古诗源》："晋人诗，旷达者征引老庄，繁缛者征引班扬，而陶公专用《论语》。汉人以下，宋人以前，可推圣门弟子者，先生也。"② 刘熙载《艺概》："陶渊明则大要出于《论语》。"③ 陈延杰细致地列出陶渊明某句诗对应《论语》的某句诗，云："此皆以《论语》入诗而得其化境者。"④ 这足可说明金门对陶诗"醇厚古茂"之评论。

［二］太初：天地未分之前的混沌元气，指太古时期。

笺：

金门于此对陶潜、杜甫、李白、苏轼、白居易的把握大致不差，但仍然执着于儒家诗教思想，可笑地认为，若将白居易、苏轼诗歌中"赠妓忆妓之作"去掉的话，那么可谓十全十美了！从儒家诗教思想的角度看，的确如此，但是若从诗歌与生活、诗人思想个性的关系的角度看，这种想法正是既奇妙又可笑。当然，这也不是金门的专利。早在齐梁时期，萧统《陶渊明文集序》即有云："白璧微瑕者，唯在《闲情》一赋。扬雄所谓劝百而讽一者，卒无讽谏，何必摇其笔端？惜哉，无是可也！"⑤

（五）

更如元之杨廉夫［一］，诗才冠世。张士诚［二］据吴时，东南名

---

① （梁）钟嵘著，陈延杰注：《诗品注》，人民文学出版社1961年版，第41页。
② （清）沈德潜选：《古诗源》，中华书局2006年版，第172页。
③ （清）刘熙载撰，袁津琥校注：《艺概注稿》，中华书局2009年版，第255页。
④ （梁）钟嵘著，陈延杰注：《诗品注》，人民文学出版社1961年版，第41页。
⑤ 袁行霈：《陶渊明集笺注》，中华书局2003年版，第614页。

士多归之，所不能致者，惟廉夫一人，是其人品高卓为何如。而多置姬妾，载与俱游，至为《香奁八体词》，题目已多鄙亵，不止为文章疵颣[三]，余犹为深惜之。故于此篇，既以辟异说诸篇弁诸首[四]，即以论瞿存斋所载《莺莺传》一段[五]次其后，庶几合程子[六]"淫声美色以远之"之意，亦得夫子"一言以蔽之"之旨。其余如嘲风月，弄草木，随诗人意兴所到，但有流丽而出于端庄，婀娜而含于刚健者，俱不必弃去，总使归于风雅，有补诗道，无蠹[七]人心而已。（抑）余尝窃附作者，不过以抒写己意，为朋侪及子侄辈示教耳，非敢云诗也。然苟得其意而好尚不迷于所往，其于世未必无补。道光己酉[八]中秋前三日，酌雅主人自叙。

注：

[一] 杨廉夫：杨维桢（1296—1370），元末明初著名文学家、书画家。字廉夫，号铁崖、铁笛道人，又号铁心道人、铁冠道人、铁龙道人、梅花道人等，晚年自号老铁、抱遗老人、东维子，会稽（今浙江诸暨）枫桥全堂人。与陆居仁、钱惟善合称为"元末三高士"。泰定四年（1327）进士。历天台县尹、杭州四务提举、建德路总管推官，元末农民起义爆发，杨维桢避寓富春江一带，张士诚屡召不赴，后隐居江湖，在松江筑园圃蓬台。有《东维子文集》《铁崖先生古乐府》行世。

[二] 张士诚：（1321—1367），原名张九四，兴化白驹场（今盐城大丰区）人，元末位于江浙一带的义军领袖与地方割据势力之一。至正十三年（1353），与弟士德、士信率盐丁起兵，攻下泰州、兴化、高邮等地。1354年，在高邮称诚王，国号周，年号天佑。至正十六年，定都平江（今江苏苏州）。二十三年（1363），攻取安丰，杀红巾军领袖刘福通，自称吴王。后屡为朱元璋所败，疆土日蹙。二十七年秋，平江城破，被俘至金陵（今江苏南京），自缢。

[三] 颣（lèi）：缺点；毛病。

[四] 弁（biàn）：古代男子戴的帽子。因此而称书籍的序言、序文之类为弁言。弁诸首，即置于开首。

［五］"即以论"句：出自丁福保辑《历代诗话续编·归田诗话卷上》"莺莺传"条。其云："元微之当元和长庆间，以诗著名。传入禁中，宫人能歌咏之，呼为'元才子'，风流蕴藉可知也。其作《莺莺传》，盖托名张生。复制《会真诗》三十韵，微露其意，而世不悟，乃谓诚有是人者，殆痴人前说梦也。唐人叙述奇遇，如《后土传》托名韦郎，《无双传》托名仙客，往往皆然。惟沈亚之《橐泉梦记》，牛僧孺《周秦行记》乃自引归其身，不复隐讳。然《周秦行记》与僧孺所著《幽怪录》，文体绝不相类，或谓乃李德裕门下所作，以暴僧孺之犯上无礼，有僭逆意，盖嫁祸云尔。理或然也。"①

［六］程子：程颐（1033—1107），字正叔，世称伊川先生，河南（今洛阳）人。颐与其兄颢（1032—1085，字伯淳，世称明道先生）是北宋最著名的道学家，他们都曾受业于周敦颐门下，又曾出入佛、老，在周敦颐学说的基础上，建立了一套相当完整的道学体系。这套体系的最高范畴是"理"，理先于万物，产生万物，又寄存于万物。理在人身上的体现就是孝悌忠信的"性"。因而治心养性成为人类活动的根本，治国就要尊德乐善、绝口不言功利；治人就要严申天理人欲之辨，灭尽人欲，复存天理；治学就要"唯务养性情，其他则不学"。由二程门人记录、朱熹编次的语录《遗书》《外书》，合刊为《二程全书》。

［七］蠹（dù）：名词，蛀虫；动词，蛀蚀，损坏。这里作动词用。

［八］道光己酉：1849年。

笺：

杨廉夫《香奁八体词》与上之乐天、东坡多赠妓忆妓之意如出一辙。金门言必称"夫子"、程朱，当然将诗歌中描写男女艳情目为淫秽不堪，偶称亦不排斥"流丽而出于端庄，婀娜而含于刚健"的风雅之作，并非其诗歌思想的主要方面。金门诗歌思想的主要方面仍然是要求诗歌能够"有补诗道，无蠹人心"，谨遵"经夫妇，成孝敬，厚人伦，美教化，移风俗""发乎情，止乎礼义"的儒家诗教，"抒己意""示教"甚至很接近程颐"作文害道"的思想。

---

① 丁福保辑：《历代诗话续编》（下），中华书局2006年版，第1246页。

卷 一

（一）

朱文公[一]《感兴》诗论二教二篇云："飘飘学仙侣，遗世在云山。盗启元命符，窃当生死关。金鼎蟠龙虎，三年养神丹。刀圭一入口，白日生羽翰。我欲往从之，脱屣[二]谅非难。但恐逆天道，偷生讵能安？""西方论缘业，卑卑喻群愚。流传世代久，梯接凌空虚。顾盼指心性，名言超有无。捷径一以开，靡然世争趋。号空不践实，踬彼荆棘涂。谁哉继三圣，为我焚其书。"《瞿存斋诗话》[三]云："论二教之害，然亦有轻重。"[四]

注：

[一] 朱文公：见"自叙"（二）注［一］。

[二] 屣（xǐ）：鞋，敝屣。

[三]《瞿存斋诗话》：明代瞿佑《归田诗话》，共三卷。瞿佑别号存斋，故亦名《存斋诗话》。瞿佑《归田诗话》前有"自序"，姑录如下："予久羁山后，心倦神疲，旧学荒芜，不复经理。每闲居默坐，追念少日笃于吟事，在乡里侍尊长游湖山。及胜冠以来，结朋俦，入场屋。迨尸教席，登仕途，至履患难，谪塞垣。少而壮，壮而老，日迈月征，骎骎晚境，而呻吟占毕，犹不能辍。平日耳有所闻，目有所见，及简编之所纪载，师友之所谈论，尚历历胸臆间，十已忘其五六。诚恐久而并失之也，因笔录其有关于诗道者，得百有二十条，析为上、中、下三卷，目曰《归田诗话》，置几案间，时加披览，宛然如见长上而接师友，聆其训诲之勤，而受其勤勉之益也。不觉欣然而喜，喜极而悲，悲而掩卷堕泪者（'者'字原无，据《知不足斋》本补）屡矣。昔欧阳文忠公致仕后，著《归田录》，叙在朝旧事，谓追想玉堂如在天上。今予老与农圃为徒，亦窃'归田'之号。虽若僭妄，然辍耕垄上，箕踞桑阴，与凉竹簟之暑风，曝

茅檐之晴日，以求一息之快。地位虽殊，而心事则无异也。知我者见此，或能为之一慨云。洪熙乙巳中秋日存斋瞿佑自序。"①

[四] "论二教"句：出自丁福保辑《历代诗话续编·归田诗话卷》中"感兴诗论二教"条。②

笺：

木讷在《归田诗话序》中说："诵晦庵感兴诗，则知其辟异端之害。"③ 木讷所言朱子"感兴诗"当为金门所云"朱文公《感兴》"。木讷于此先立下读诗、评诗之标准，即："夫思无邪者，诚也。人能以诚诵诗，则善恶皆有益。学诗之要，岂有外于诚乎？"而朱子《感兴》显然是符合这个标准的。朱熹《感兴》其一对神仙道教提出深深的怀疑，这属于夫子"不语怪力乱神"中的"神"，认为它违背"天道"，其二明白痛彻地批判佛教，认为它惑乱圣人订立的伦理道德标准，故应将佛典统统焚毁，以绝隐患。从朱子《感兴》来看，确如瞿佑所言，朱子于神仙学说的批评较"轻"，而对佛教思想则批评较"重"，此为异。但也有相同的地方，即：赋予诗歌太多太沉重的实用功能。由此，金门论诗充满强烈的实用性已是非常明显的了。

（二）

余谓自汉魏以来，诗人感兴多矣，亦曾有此兴致否？长夜漫漫何时旦，有文公此二篇意兴，斯为红日中天。余素不言二教者，窃不揣固陋，步元韵妄拟二首，非敢有僭逾之志，亦以发明朱子之意，兼伸景仰之私云尔。诗曰："古有三不朽[一]，修炼岂深山？但能尽其性，焉知生死关。后人多异术，九转夸神丹。此丹一入口，飞升生羽翰。长生固不易，偷生奚足难。我怀学仙侣，俟命斯心安。""自有释氏教，天下多颛[二]愚。以彼所谓'道'，

---

① 丁福保辑：《历代诗话续编》，中华书局2006年版，第1234页。
② 丁福保辑：《历代诗话续编》，中华书局2006年版，第1261页。
③ 丁福保辑：《历代诗话续编》，中华书局2006年版，第1232页。

不过凭空虚。奈何诸夏人，反谓中土无。至乃译其语，相与幽谷趋。遂令百世下，荆棘纷满途。我生虽独后，安能容其书！"

注：

[一]"三不朽"：出自《左传·襄公二十四年》："豹（叔孙豹，即穆叔）闻之，太上有立德，其次有立功，其次有立言，虽久不废，此之谓不朽。"①

[二]颛（zhuān）：愚昧。

笺：

过度甚至一味强调诗歌的政教伦理作用，意味着极大地忽视了诗歌的审美特质。金门将朱熹《感兴》诗视为自魏晋以来最伟大的诗歌，将其誉为"红日中天"，显然是局限于儒家诗教的偏颇之见。即使自己模拟再怎么精彩，也掩盖不了这种保守落后诗歌思想的实质。诗中言神仙思想的也有许多好诗，如郭璞、李白、李贺等诗人的一些诗。诗中言佛教思想的也有好诗，如王维的诗。言神仙只要不离现实，称释氏只要不"理过其辞"，诗歌以神仙、佛教寄寓思想情感，有何不可。

（三）

乐天《九日思杭州》云："笙歌委曲声延耳，金翠动摇光照身"；又，"故妓数人频问讯，新诗两首倩流传。"东坡有《怀钱塘》云："剩看新番眉倒晕，未应泣别脸消红"；又，"休惊岁岁年年貌，且对朝朝暮暮人"。皆忆妓赠妓诗也。老杜《寄赞上人》云："与子成二老，来往亦风流。"东坡《赠辨才》云："我比陶令[一]愧，公为远公[二]忧"；又，"聊使此山人，永记二老游。"皆寄僧赠僧诗也。余独有诗曰："拙性难容脂粉气，狂歌不作香奁词。箧中今日搜存稿，尤喜曾无赠妓诗。"又有曰："名士尝当寂寞时，喜交方外与吟诗。生平我独成偏拗，不共僧流结一辞。"

---

① 李梦生：《左传译注》，上海古籍出版社2004年版，第790页。

尝有一富僧，士类多与往来，及其老也，欲共寿之，求序于余。余曰："和尚乃作寿乎？作和尚寿乃请我为文乎？"笑拒之而已。

注：

［一］陶令：东晋诗人陶渊明，因他曾做过彭泽县令。

［二］远公：东晋高僧慧远，隐居庐山宣扬佛法，是净土宗的奠基者。

笺：

抓住乐天、东坡"忆妓赠妓"诗和"寄僧赠僧"诗不放，庆幸自己一生没有"赠妓诗""寄僧诗"，因而诗歌没有"脂粉气"，诗作没有"香奁词"。然而，这就能说明金门诗歌的格调有多高雅吗？其实并不能推导出这样的结论。健康的诗歌理论允许诗人将任何一种题材写入诗中，关键是诗人在这个题材中寄寓怎样的思想情感。那些以诗歌严守儒家三纲五常封建伦理道德的诗人，道貌岸然的外表下蕴藏的是男盗女娼，因此才有以嵇康、阮籍为代表的正始名士们"越名教而任自然"的个体自由精神的呐喊。

（四）

宋宣仁太后［一］上仙，置道场内殿。有长老升法座。一僧问曰："太后今归何处？"对曰："太后身归佛法龙天上，心在儿孙社稷中。"举朝称善。夫以太后之事而饭僧内殿，已非宫闱清肃时事，闻佞僧一语又举朝无不称善，斯时举朝尚有一有识者否？"佛法龙天"，果成何语？浮屠鄙说，浸人耳目久矣。当此僧升法座时，想见大小臣工悚息听命、唯唯诺诺光景，及其交口称善，不惟阿顺逢迎，且于异端之行更有以生其威而张之焰。上之政教如此，下之风俗可知。举世愦愦［二］，吾道能无荆榛耶！不独宋宣仁后事已也，滔滔者天下皆是也。吁！可慨矣夫！乃为之诗曰："道场法座果何事，佛法龙天更可异。太后宜有母道存，饭僧乃以忏何罪？举朝称善我不知，宰相以下都儿戏。吾道荆棘千余年，人心胡为而此醉？"

注：

[一] 宋宣仁太后：宋英宗宣仁圣烈圣皇后（1032—1093），治平二年（1065）册立皇后，神宗即位后，尊为皇太后。元丰八年（1085）三月，神宗病逝，哲宗继位。由于皇帝年幼，53岁的宣仁皇太后开始了九年垂帘听政的政治生活。

[二] 愦（kuì）：糊涂；昏乱。

笺：

金门批评宋宣仁太后作为最高统治者而沉溺于佛事的糊涂、荒谬，喊出"上之政教如此，下之风俗可知"的肺腑之言。在这里，我们不得不说金门的批评是正确的，因为这里的一通议论只关乎国家治乱，与诗歌的写作、赏析似乎没有多少关联。然而，最高统治者的爱好、提倡实在又是多么深地影响到中国古代文学的走向和特征，这是历朝历代文学发展给后人的启示。文学不是政治，但文学又离不开政治，在我国古代长期的封建社会中就更是如此，虽说文学自魏晋以来就开始独立，但其实一直都没有真正地独立过。

（五）

"元微之[一]当元和长庆间，以诗著名，传入禁中，宫人能歌咏之，呼为'元才子'，风流蕴藉[二]可知也。其作《莺莺传》，盖托名张生，复制《会真诗》三十韵，微露其意。而世不悟，乃谓诚有是人者，殆痴人前说梦也"[三]云云。余谓《莺莺传》，乃淫书也。自有此书，世之年少读书人迷溺其中不少。后世复演为剧[四]，于是村夫俗子及妇孺无知，胥[五]感此而不禁淫心也。自来才子，言行多不雅训，况见之著述以误后人，以污名教如此传者，悉诗书中罪魁也。宜禁而焚之久矣，又从而表章[六]之，何哉？为之诗曰："晚唐长庆[七]间，才子元微之。素作《莺莺传》，复制《会真诗》。其言实鄙猥，奈世多贪痴。但见读书人，观之为意移。恍已遇洛神，忽若来西施。心猿复心鹄，不禁纷交驰。此传将千年，贻误乃如斯。比之作俑者[八]，厥罪何能辞。愿并异端[九]书，焚使俱灰灭。"

注：

[一] 元微之：元稹（779—831），字微之，洛阳人。贞元九年（793）明经及第，十年后与白居易同以书判拔萃科登第，元和元年（806）与白居易一起以制科入等，授左拾遗，后转监察御史。长庆二年升任宰相。五十三岁卒于武昌任所。有《元氏长庆集》，存诗八百三十余首。他的"新题乐府"直接缘于李绅的乐府诗。代表作是《连昌宫词》。元稹是典型的才子型作家，性敏才高，风流多情。年轻时曾有过艳遇，由此创作了《莺莺传》传奇和《会真诗三十韵》，留下许多艳情诗，内容多追忆自己的情感经历，如《离思五首》《春晓》等。在唐代，元稹与白居易齐名，被称为"元白"。陈寅恪先生有《元白诗笺证稿》传世。

[二] 蕴藉（yùn jiè）：形容词，指言语、文字、精神等含蓄而不显露。

[三] "其作《莺莺传》"两句：见前"自叙"（五）注[五]，出自丁福保辑《历代诗话续编·归田诗话卷上》"莺莺传"条。

[四] "演为剧"：元代王实甫的《西厢记》。《西厢记》描写了以老夫人为代表的封建卫道者同以崔莺莺、张生、红娘为代表的礼教叛逆者之间的冲突，表现了这样的主题思想："永老无别离，万古常完聚，愿普天下有情的都成了眷属。"王实甫将元稹《莺莺传》宣扬的红颜祸水及肯定张生始乱终弃的主题改为男女青年为了爱情团结起来与封建守旧势力斗争，且最终获得胜利的主题。从唐传奇到元杂剧，主题由宣扬封建伦理发展到反抗封建礼教，体现出巨大的思想力量。

[五] 胥：副词，齐；皆。

[六] 表章：应为"表彰"，指表扬伟大功绩、壮烈事迹等。

[七] 长庆：唐穆宗李恒的年号，即821—824年。

[八] "作俑者"：出自《孟子·梁惠王上》："仲尼曰：'始作俑者，其无后乎！'为其象人而用之也。"① 意思是，孔子说过，第一个造作木偶土偶来殉

---

① 杨伯峻译注：《孟子译注》（上），中华书局1960年版，第9页。以下引用《孟子》均出自该书，恕不再注明。

葬的人该会绝子灭孙断绝后代吧！（为什么孔子这样痛恨呢？）就是因为土偶木偶很像人形，却用来殉葬。始作俑者后来用以泛指恶劣风气的创始者。

[九] 异端：指不符合正统思想的主张或教义。

笺：

金门批评元稹的《莺莺传》是"淫书"，认为瞿佑将其视为"痴人说梦"都未彻底。金门甚至连带批评了元代王实甫的《西厢记》，认为唐代传奇、元代杂剧中大量描写的男女之情是有"污名教"的，应"禁"之"焚"之而后快。前面，金门批评神仙、佛教，这里连人之常情的爱情一并加以批评，不仅反映出其封建卫道士的可憎面目，而且体现出其十分落后的文学思想。这种落后的文学思想瞩目于文学的政教伦理功能，无视文学的审美功能，依据这种文学思想创作出来的作品肯定枯燥无味，缺乏感染力，作品从而也缺乏长久的生命力。而恰恰是那些在封建社会中遭到禁毁、批判的言情之作独具长久的生命力，因为它们触动了常人内心深处那根脆弱而敏感的情感神经。

（六）

《潜南诗话》[一]云："郊寒白俗，诗人类鄙薄之。然郑厚评诗，荆公、苏、黄辈曾不比数[二]，而云'乐天如柳阴春莺，东野如草根秋虫，皆造化中一妙'，何哉？哀乐之真，发乎情性，此诗之正理也。"又，《归田诗话》云："'闭门觅句陈无己[三]，对客挥毫秦少游[四]'。山谷诗，喻二人才思迟速[五]之异也。后山诗如'坏墙得雨蜗成字，古屋无人燕作家'，寥落之状可想。淮海诗如'翡翠侧身窥绿海，蜻蜓偷眼避红妆'，艳冶之情可见。二人他作，亦多类此。迹其生平际遇，屯泰[六]不同，信乎各有造物也。[七]"余按二说云云，观于陈、秦、郊与白之遇可知矣。感此，随笔书之曰："虫鸣秋草孟东野[八]，莺啭春柳白乐天[九]。信皆造化中一妙，'郊寒白俗'何论偏。秦少游何挥毫速，陈无己何觅句艰？由来质地有敏钝，悲欢遭际各前缘。总之诗以理性情，必得其正方可传。"

注：

[一]《滹南诗话》：金代王若虚著，丁福保辑《历代诗话续编》有载，共三卷。王若虚（1174—1243），字从之，号慵夫，藁城（今属河北）人。承安二年（1197）进士。官至翰林直学士。金亡后微服归里，自称"滹南遗老"。著有《滹南遗老集》，多证经辨史之文，其中的《文辨》四卷和《诗话》三卷是文学论著。其最为人熟知的文学理论就是对宋代诗人黄庭坚的批评。《滹南诗话》卷三云："山谷自谓得法于少陵，而不许于东坡。以予观之，少陵，《典谟》也，东坡，《孟子》之流，山谷则扬雄《法言》而已。"又云："鲁直论诗，有夺胎换骨、点铁成金之喻，世以为名言，以予观之，特剽窃之黠者耳。鲁直好胜，而耻其出于前人，故为此强辞，而私立名字。"①

[二]"然郑厚"句：张国庆先生据丁福保辑《历代诗话续编》（中华书局1983年版）本《滹南诗话》补"荆公"二字。张先生说："在《酌雅诗话》中，陈伟勋常引用《苕溪》、《归田》等多部诗话（这些诗话大多收入丁福保辑《历代诗话续编》）中的语句。陈氏所引，与丁本时有出入。本书视具体情况，或据丁本校而出注说明之，或不校但亦出注说明之。有时出入甚小，而陈本引文又佳，则依陈原文。"②

[三]陈无己：陈师道（1053—1101），字无己，又字履常，号后山居士，彭城（今江苏徐州）人，自幼好学，十六岁以文谒曾巩，为巩所重。元祐四年（1089），因"擅去官次"见苏轼而改颍州教授。元符三年（1100），除棣州州学教授。第二年授秘书省正字。建中靖国元年（1101），朝廷举行郊祀典礼，陈师道患寒疾而死，年四十九岁。元代方回《瀛奎律髓》提出江西诗派"一祖三宗"之说，以杜甫为祖，黄庭坚、陈师道、陈与义为三宗。就诗歌而言，陈师道生前与黄庭坚并称"黄陈"。其文得曾巩真传。《四库全书总目提要》称之为"简严密栗，……固不失为北宋巨手"。亦能词。

---

① 丁福保辑：《历代诗话续编》，中华书局2006年版，第523页。
② 张国庆选编：《云南古代诗文论著辑要》，中华书局2001年版，第110页。以下以《辑要》称该书。

[四] 秦少游：秦观（1049—1100），字少游、太虚，别号邗沟居士，高邮（今江苏）人。元丰八年（1085）进士及第。绍圣元年（1094）坐元祐党籍，出为杭州通判，再贬监处州（今浙江丽水）酒税。三年徙郴州（今湖南），后又徙横州（今广西）。元符元年（1098）再贬雷州（今广东海康）。徽宗即位，复宣德郎，北归途中卒。《宋史》《东都事略》有传。存《淮海集》四十卷，另有《淮海词》单刻本，存词约一百首。黄庭坚《病起荆江亭即事十首》有云："闭门觅句陈无己，对客挥毫秦少游。正字不知温饱未，西风吹泪古藤州。"

[五] 迟速：《辑要》据丁福保辑《历代诗话续编·归田诗话》补"迟速"二字。按：甚是。

[六] 屯（zhūn）泰：屯，《周易》第三卦，下震上坎，象征"初生"。曰："元亨，利贞；勿用有攸往，利建侯。"意思是：《屯》卦象征初生，至为亨通，利于守持正固；不宜有所前往，利于建立诸侯。泰，《周易》第十一卦，下乾上坤，象征"通泰"。"泰"即"通"的意思。曰："小往大来，吉，亨。"意识是：柔小者往外，刚大者来内，吉祥，亨通。屯泰，指人生从初生至盛壮，由艰难至通达，于逆境走向成功。参黄寿祺、张善文撰《周易译注》，上海古籍出版社2004年版。

[七] "信乎"句：《辑要》云："此段中，'亦多类此'之后，《归田诗话》原文为：'后山宿斋宫，骤寒，或送绵半臂，却之不服，竟感疾而终。淮海谪藤州，以玉盂汲水，笑视而卒。二人于临终屯泰不同又如此，信乎各有造物也。'又，屯泰，原作'屯秦'，刻误。"按：甚是，金门引用《归田诗话》于此之错漏恐为仓促所致。

[八] 孟东野：孟郊（751—814），字东野，湖州武康（今浙江德清）人。长期漂泊于湖北、湖南、广西等地。屡试不中，贞元十二年（796）四十六岁登进士第。五十岁授溧阳县尉，因不事曹务，吟诗为乐，被罚半俸。元和九年（814），郑余庆镇兴元，奏为参谋，卒于应邀前往的途中。

[九] 白乐天：白居易（772—846），字乐天，原籍太原，后迁居下邽（今陕西渭南）。晚年闲居洛阳，与香山寺僧人结社，自号"醉吟先生""香山居士"，故称白香山。官太子少傅，又称白少傅。

笺：

　　此处所论诗歌思想与前判若两般面目，直教人怀疑此为金门所言。在此之前，金门论诗恪守儒家诗教思想，强调诗歌的政治教化和伦理道德约束修养的实用功能，激烈批评神仙和佛教等思想对诗歌的影响，批评那些违背封建礼教的作品，称其为"淫书"，欲焚之而后快。在这里，金门突然的转变让我们很不适应，因为他由《漳南诗话》《归田诗话》中的两则诗话得出的诗歌思想是完全符合诗歌自身特质的。"哀乐之真，发乎情性，此诗之正理也""悲欢遭际""诗以理性情"云云，主张回归诗歌抒情之本质，而诗人的情感又直接源于其坎坷的人生遭际，好的诗歌就是要用诗歌的形式将人生的不平与愤慨抒发出来。只有先感动诗人自己的作品才能感动各个阶层的读者。金门在这里重视诗歌情感的思想根本上还是源于儒家的诗歌思想，《毛诗序》云："诗者，志之所之也，在心为志，发言为诗。情动于中而形于言，言之不足故嗟叹之，嗟叹之不足故永歌之，永歌之不足，不知手之舞之，足之蹈之也。"汉儒言诗并不排斥情，宋儒言诗开始不讲情。

（七）

　　《䂬溪诗话》[一]论李太白云："世俗夸太白赐床调羹为荣，力士脱靴为勇。愚观唐宗渠渠于白，岂真乐道下贤者哉，其意急得艳词媟语，以悦妇人耳。白之论撰，亦不过为玉楼、金殿、鸳鸯、翡翠等语，社稷苍生何赖？就使滑稽傲世，然东方生[二]不忘纳谏，况黄屋[三]既为之屈乎？说者以谟谋[四]潜密，历考全集，爱君爱民[五]之心如子美语，一何鲜也。力士闺闼腐庸，惟恐不当人主意，挟主势驱之，何所不可？脱靴乃其职也。自退之为'蚍蜉撼大树'[六]之语，遂使后学吞声。愚窃谓如论其文章豪逸，真一代伟人，如论其[七]心术事业[八]可施廊庙，李杜齐名，真忝窃也。"余按，黄䂬溪先生，名彻，字常明，宋之君子也。胸臆清超，持论正大，观其诗话可知其为人矣。今考太白《召见沈香亭应制作清平调》[九]三曲，颇见优宠，得待诏翰林。及在禁中与贵妃宴乐，妃衣褪，微露乳，白以手扪之曰："软柔新剥鸡头肉。"禄山在旁接对云："滑腻如凝塞上酥。"帝续之曰："信是胡儿只识酥。"君臣荒淫如此！此何异江总[十]文才艳惑陈后主之后辙。禄山作乱，明皇播迁，有由然矣。读《䂬溪诗话》，因咏之曰："唐室天宝年，太白天才妙。应制沈香亭，三曲清平调。优宠博一官，翰林予待诏。后与杨妃宴，乃至扪乳笑。淫辞媟亵陈，胡儿始尤效。谪仙非不仙，奈何此作闹。力士庸腐余，脱靴何足校。"

注：

[一]《䂬溪诗话》：南宋黄彻著。黄彻（1093—1168），字常明，号太甲，晚号䂬溪居士，莆田（今属福建）人。宣和进士，历辰溪县丞、沅州军事判官、嘉鱼令、知平江县等，忤权贵弃官归里。论诗主张以风教为本，不尚雕琢。著有《䂬溪诗话》，"䂬"，同"巩"，䂬溪在今江苏泰州兴化，黄彻曾寓居于此。丁福保辑《历代诗话续编》收录《䂬溪诗话》十卷，前有陈俊卿的"序"、黄彻的自序，结尾有黄廊、黄永存、黄焘、聂棠、朱彝尊、黄模等人所作的"跋"。众人在"跋"语里品人论诗，有的看法对我们理解《䂬溪诗话》及黄彻的诗歌思想很有帮助，略举一二评论如下。黄永存云："若《䂬溪诗话》，议论去取，一出于正，真所谓有补于名教者，其详已具大丞相陈公之叙。"黄焘云："先祖尝著《诗话》十卷，发挥杜少陵突奥不得施用之处，乡衮正献陈公为之叙引，学者从诵习之。"聂棠云："其于名教，岂小补哉！"黄模云："不知宗法有本，厚人伦，维风教，常明公《䂬溪诗话》具在，可考而知也。"这里特录黄彻自序如下："予游宦湖外十余年，竟以拙直忤权势，投印南归。自寓兴化之䂬溪，闭门却扫，无复功名意，不与衣冠交往者五年矣。平居无事，得以文章为娱，时阅古今诗集，以自遣适。故凡心声所底，有诚于君亲，厚于兄弟朋友，嗟念于黎元休戚，及近讽谏而辅名教者，与予平日旧游所经历者，辄妄意铺凿，疏之窗壁间。未几，钞录成帙，而以《䂬溪诗话》名之。至于嘲风雪、弄草木而无与于比兴者，皆略之。呜呼！士之有志于为善，而数奇不偶，终不能略展素蕴者，其胸中愤怨不平之气，无所舒吐，未尝不形于篇咏、见于著述者也。此《说难》《孤愤》《离骚》《国语》所由作也。予赋性介洁，嫉恶如仇，不忍

浮沉上下。甘老林泉,实其本心,何所怨哉!故诗话之集,皆因前人之语而折衷之,不敢私自有作焉。"①

〔二〕东方生:西汉文学侍从东方朔。

〔三〕黄屋:《史记·秦始皇本纪》(卷六):"子婴度次得嗣,冠玉冠,佩华绂,车黄屋,从百司,谒七庙。"张守节《史记正义》引蔡邕曰:"黄屋者,盖以黄为里。"《史记·淮南衡山列传》(卷一一八):"淮南王长废先帝法,不听天子诏,居处无度,为黄屋盖乘舆,出入拟于天子,擅为法令,不用汉法。"陈子昂《感遇》:"黄屋非尧意,瑶台安可论。"黄屋本指帝王的车马、宫室、权势,后用来指富贵权势。

〔四〕谟谋:丁福保辑《历代诗话续编》载《鸮溪诗话》作"谋谟"。《丛书集成续编》第二零二册作"谟谋"。《辑要》作"谟谋"。按:作"谟谋"为当。

〔五〕爱君爱民:丁福保辑《历代诗话续编》载《鸮溪诗话》作"爱国忧民"。《丛书集成续编》《辑要》作"爱君爱民"。按:"爱君爱民"为当。

〔六〕蚍蜉撼大树:韩愈《调张籍》:"李杜文章在,光焰万丈长。……蚍蜉撼大树,可笑不自量。"丁福保《历代诗话续编》作"蚍蜉撼大木","木"显然应为"树"。《丛书集成续编》《辑要》无误。

〔七〕如论其:《丛书集成》作"如谓其"。《辑要》据丁福保《历代诗话续编》辑《鸮溪诗话》改为"如论其"。按:甚是。

〔八〕心术事业:丁福保《历代诗话续编》于"业"后用逗号断开。按:从《历代诗话续编》。

〔九〕"今考"句:出自李白《清平调词三首》其一:"云想衣裳花想容,春风拂槛露华浓。若非群玉山头见,会向瑶台月下逢。"其二:"一枝红艳露凝香,云雨巫山枉断肠。借问汉宫谁得似,可怜飞燕倚新妆。"其三:"名花倾国两相欢,长得君王带笑看。解释春风无限恨,沉香亭北倚阑干。"②

〔十〕江总(519—594):著名南朝陈大臣、文学家。字总持,祖籍济阳考

---

① 丁福保辑:《历代诗话续编》,中华书局2006年版,第345页。
② (唐)李白著,(清)王琦注:《李太白全集》,中华书局2015年版,第363—366页。以下李白诗歌凡引自该书,恕不一一注明。

城（今河南兰考）。出身高门，幼聪敏，有文才。年十八，为宣惠武陵王府法曹参军，迁尚书殿中郎。所作诗篇深受梁武帝赏识，官至太常卿。

笺：

金门先引黄彻《䂮溪诗话》所论，黄彻从"李杜"齐名的角度审视李白供奉翰林时的诗歌，认为在这个时期，李白所作诗歌纯为阿谀玄宗、贵妃之作，与子美自始至终"爱君爱民"的诗歌显然不能相提并论。金门对黄彻此论甚是赞同。接着，引李白《召见沈香亭应制作清平调》以证实黄彻及自己的看法，认为李白与玄宗的这段君臣关系如同南朝江总与陈后主的君臣关系，后者因为荒淫奢侈而遭身亡国灭。正是有感于黄彻《䂮溪诗话》所论，金门感慨万千，不禁作诗抒发自己的文学思想，即：诗人即使有文才，也不能应制奉承，否则与之前那些祸国殃民的御用文人有何不同？无疑，金门的这个关于诗歌写作的观点是很正确的。纵观中国古代诗歌史，那些一味以文学阿谀、攀附皇室权贵的诗人的确没有留下什么有意义有价值的作品。因为，诗人在进行创作的时候，如果带着强烈的功利色彩，那么很可能就会陷入雕词琢句、堆砌典故、一味铺张的形式主义泥淖而不能自拔，御用文学、娱乐文学的价值是经受不起时间的检验的。黄彻、金门此论是符合诗歌自身发展规律的正确认识。

（八）

瞿存斋[一]云："太白诗'划[二]却君山好，平铺湘水流。巴陵无限酒，醉杀洞庭秋'[三]，是甚胸次！少陵亦云：'夜醉长沙酒，晓行湘水春。[四]'，然无许大胸次也。"余谓不然。洞庭有君山，天然秀致，如铲却，是减趣也。诗情豪放，异想天开，正不须如此说。既如次[五]说，亦何大胸次之有。余两过洞庭，雅爱君山之胜，游之数日。登西南最高巅观八百里湖，银涛浩荡，方见所谓"气吞云梦"[六]者，豪放处正在于此。爰题太白诗后云："天地自空旷，诗情亦等闲。洞庭秋自好，何事铲君山。"

注：

[一] 瞿存斋：见前卷一（一）注[三]。

[二] 刬（chǎn）：旧同"铲"。

[三] "划却"句：出自李白《陪侍郎叔游洞庭醉后三首》其一："今日竹林宴，我家贤侍郎。三杯容小阮，醉后发清狂。"其二："船上齐桡乐，湖心泛月归。白鸥闲不去，争拂酒筵飞。"其三："划却君山好，平铺湘水流。巴陵无限酒，醉杀洞庭秋。"此处所引为第三首。君山，杜佑《通典》：岳州巴陵县，汉下隽县地，古巴丘也，有君山、洞庭湖。

[四] "夜醉"句：出自杜甫《发潭州》："夜醉长沙酒，晓行湘水春。岸花飞送客，樯燕语留人。贾傅才未有，褚公书绝伦。名高前后事，回首一伤神。"

[五] 次：《辑要》作"次"，《丛书集成续编》作"此"。按：结合前文"正不须如此说"看，应为"此"无疑。

[六] 气吞云梦：出自孟浩然《望洞庭湖赠张丞相》："八月湖水平，涵虚混太清。气蒸云梦泽，波撼岳阳城。欲济无舟楫，端居耻圣明。坐观垂钓者，徒有羡鱼情。"

笺：

此由瞿佑《归田诗话》发端，存斋将李杜同写洞庭湖的诗歌作比较，认为李白的更具"大胸次"，即想象奇幻，境界阔大。对此，金门认为李白"铲却君山"是异想天开，而且破坏自然风景原本的美。而且，他不认为杜甫写洞庭湖就没有李白那样的气势，举了《望洞庭湖赠张丞相（临洞庭）》"气蒸云梦泽，波撼岳阳城"力挺子美之"豪放"。金门认为李白真的要将君山铲除的认识无疑是误解了太白之诗思。须知，太白、子美二者擅长不同，即使就想象而言，二人又表现为十分不同的风格，太白"飘逸"而子美"沉郁"，太白的想象漫无边际且少世俗烟火气，具上天入地之神思逸兴。子美的想象始终奠基于艰难的生活和广阔的自然，大气磅礴而不离人间世俗。一为"诗仙"，一为"诗圣"，不虚也。金门于此非要结合自己的洞庭之游发表对太白诗的质疑，不免属于凿枘之言矣！宋人严羽《沧浪诗话·诗评》二十一："李杜二公，正不当优劣。太白有一二妙处，子美不能道；子美有一二妙处，太白不能作。"二十二："子美不能为太白之飘逸，太白不能为子美之沉郁。太白《梦游天姥吟》《元别离》等，子美不能道；子美《北征》《兵车行》《垂老别》等，太白不能作。论诗以李杜为准，挟天子以令诸侯也。"二十五："观太白诗者，要识真太白处。太白天才豪逸，语多卒然而成者。"① 胡应麟《诗薮·外编》卷四："李杜二家，其才本无优劣，但工部体裁明密有法可寻，青莲兴会标举非学可至。"②

（九）

赵子昂[一]以宋王孙仕元朝，擅名词翰。尝书渊明《归去来辞》，得者珍藏之，有僧题绝句于后云："典午[二]山河半已墟，褰[三]裳宵遁望归庐。翰林学士宋公子，好事多应醉里书。"后人不复著笔。盖僧诗之妙，妙在婉词，尤妙在直笔。婉词，第四句是也。直笔，则第三句是。起二语谓靖节归来之故如是，归来之决如是。今以宋公子而为元之翰林学士，何故又书《归去来辞》哉！皮里春秋[四]，非仅作游戏伎俩也。尝见子昂画《辋川图》[五]，一人题其画云："多少青山红树里，岂无十亩种瓜田？"可谓婉讽。又一人云："江心正好看秋月，却抱琵琶过别船"，几于直骂。此僧诗更婉而直，兼写子昂醉梦，冷极辣极。余因是有感矣：使子昂而无才，亦孰知其无节者？乃诗词文字，件件足取人怜，怜之甚则惜之甚。盖有才之不可无节如此。犹忆丙戌年将应朝考前，字临柳帖[六]，先君子命改临赵松雪。勋窃语云："其人不足学。"先君作色曰："做其字耳，岂效其人乎？"彼时方壮，所见谨严中未免固滞，故尝鄙薄其人，并其字亦弃之。今则有持平之论，即论其人亦不作冷讽直骂语。于其书《归去来辞》也，赋诗以正之曰："翩翩浊世佳公子，柔脆偏逢见节时。当日只消'归'一字，

---

① 严羽著，郭绍虞校释：《沧浪诗话校释》，人民文学出版社1961年版，第166、168、173页。

② 严羽著，郭绍虞校释：《沧浪诗话校释》，人民文学出版社1961年版，第170页。

风流今尚耐人思。"

注：

[一] 赵子昂：赵孟頫（1254—1322），字子昂，湖州（今浙江省吴兴县）人。宋宗室，入元后，被推荐入朝，官至翰林学士承旨。他以书画著名，亦工诗文，著有《松雪斋文集》。

[二] 典午：《三国志·蜀志·谯周传》："咸熙二年夏，巴郡文立从洛阳还蜀，过见周。周语次，因书版示立曰：'典午忽兮，月酉没兮。'典午者谓司马也，月酉者谓八月也，至八月而文王果崩。""典"，意同"司"，"午"对应十二生肖的马，"典午"即司马的隐语。①

[三] 搴（qiān）：撩起，揭起。

[四] 皮里春秋：本作"皮里阳秋"，指藏在心里不说出来的评论。"阳秋"即"春秋"，晋简文帝（司马昱）母郑后名阿春，避讳"春"字改称。这里用来代表"批评"，因为相传孔子修《春秋》，意含褒贬。（《现代汉语词典》第6版）

[五] 辋川：今陕西西安市东一百余里的秦岭北麓。唐代诗人王维于此建辋川别墅，其诗集有《辋川集》。辋川成为后世文人墨客心中的圣地。

[六] 柳帖：唐代书法家柳公权的碑帖。柳公权（778—865），字诚悬，京兆华原（今陕西耀县）人。官至工部尚书，太子少师，封河东县公，世称"柳少师"。历任穆宗、敬宗、文宗三朝翰林侍书学士，书法受皇帝青睐，声名显赫。当时公卿大臣家庙碑志，不是柳书，人们就会认为子孙不孝。外国使节来华也求购柳书。他是晚唐书家，与颜真卿齐名，有"颜筋柳骨"之称。《旧唐书·柳公权传》："穆宗政僻，尝问公权笔何尽善，对曰：'用笔在心，心正则笔正。'上改容，知其笔谏也。"代表作有《玄秘塔碑》《神策军碑》等。

笺：

此处意思似乎与金门一直恪守之"有德者必有言"相矛盾。赵孟頫身为宋室后裔投靠元朝，过着安逸的生活。有一僧人在其画作《归去来辞》后题诗嘲

---

① （西晋）陈寿著，（南朝宋）裴松之注：《三国志》，中华书局1974年版，第1032页。

讽甚至责骂其没有做人的操守。"使子昂而无才,亦孰知其无节者?"金门感慨正是由于子昂有才导致后人批评其无节。到此,读者或许认为金门认为才能要与操守表里如一,但其实大错特错。金门现身说法,年轻时父亲让其由临柳帖转为临赵孟頫字帖,他私下认为赵之为人没有节操,所以十分抵触,觉得应该人如其字。现在想来,当时血气方刚,未免"固滞",现在似乎理解了类似赵孟頫这样亡国后又投靠新朝的人的内心痛苦,觉得应该有"持平之论",即为人是为人,艺术是艺术,不能因人废艺。赵孟頫作《归去来辞》《辋川图》也有难以直言的哀伤和痛苦,后人要更多地去体悟他的作品中的思想情感,而不是只看到表象,更不能结合其人生污点贬低其作品的艺术价值。从"孔门四科"(德行、言语、政事、文学)来看,儒家文学思想历来主张作家文才与品德的统一,故对那些有文才而品德不端者评价并不高,有时甚至因为道德上的问题,很有才能的诗人也不被普遍承认。金门诗歌思想以儒家文学思想为主,本应坚定自己年轻时就已形成之诗歌思想,但后来他的思想转变了,认为不能执着于艺术家的人品,因为这对艺术作品是极其不公平的。应该说,这是金门文艺思想比较通脱持平的地方,特别值得后人注意。

(十)

韩文公[一]有诗云:"偶然题作木居士,便有无穷求福人。"寓意清刻矣。然谓之"木居士",尚有题名,尚称为"士"。近世且有无名可题者,如一顽石一荆棘丛之类,竟有无知人惑诡而祭之,而彼亦遂若真有灵焉者。大可怪矣!戏咏之曰:"石本非能言,棘更无神异。不知何时人,香火偶奉事。遂有阴黠者,凭之为祸祟。此物果何奇,愚者竞祷媚。更有巫觋等,簧鼓为树帜。竟使兹傀儡,血食享无坠。安得霹雳火,辟此么么类。赤日常中天,天下无邪魅。"

注:

[一] 韩文公:韩愈(768—824),字退之,自称郡望昌黎,世称韩昌黎、

昌黎先生。河南河阳（今河南省孟州市）人。唐代杰出的文学家、思想家、哲学家、政治家，被尊为"唐宋八大家"之首，与柳宗元、欧阳修和苏轼合称"千古文章四大家"，有"文章巨公"和"百代文宗"之名。792年，韩愈登进士第。后因论事被贬阳山。817年，参与讨平"淮西之乱"。其后因谏迎佛骨一事被贬至潮州。824年，韩愈病逝，年五十七，追赠礼部尚书，谥号"文"，后世称"韩文公"。

笺：

  金门此处由韩文公两句诗引出自己的一个看法，即民间宗教中属于迷信愚昧一类思想对人们有很大的危害，如"顽石""荆棘"等。金门因之作诗一首以辟邪祛魅。"阴黠者""祸祟""愚者""巫觋""傀儡""邪魅"云云，无不表明，金门对诗歌创作中思想健康的极力维护，以免邪魅之物、之思凭借诗歌的巨大影响力而肆意传播，进而形成一种不良影响。当然，金门于此关注的并不是民众在信仰什么、在祭祀什么，金门瞩目的是诗歌宣扬的思想一定要能够"厚人伦，美教化"，不能仅凭诗人主观意愿不加思考地胡乱吟诵一通，结果给社会、民众带来不必要的坏影响。应该说，金门这个诗歌思想有其道理。纵观我国古代诗歌史、文学史，的确有一些作品形成了一些不好的影响，而这与作者写作时不负责任的随意态度有很大关系。不论古今中外，只有能给读者带去积极健康影响的作品，才有可能被历史列入经典之列。《红楼梦》亦以"顽石""仙草"开篇，颇具神话不羁的奇幻色彩，但曹雪芹将其服务于一段凄美浪漫的爱情，这就避免了所选意象可能带来的"邪魅"之趣。不得不说，这与具体作家的处理方式、思想境界有很大的关联。明代汤显祖创作《牡丹亭》（也叫《还魂记》），其"生者可以死，死者可以生"的奇幻情节是否荒诞迷信，根本上要由这个情节到底服务于什么主题来决定。事实证明，汤显祖是一位戏剧大师，他能将危险的情节服务于爱情主题，因此，读者、观众也就并不觉得奇幻，反而对这部戏剧产生了无限的遐想，作品的艺术生命力因而大大增强。当然，以上关于诗歌文学艺术的这些考虑可能并不是金门的本意，但毕竟他为我们提出了一个开头，对后世作家怎样处理好文学创作手法与主旨的关系，很有启发意义。

（十一）

杜诗"东林竹影薄，腊月更须栽"[一]；又云："平生憩息地，必种数竿竹。"[二]坡云："宁可食无肉，不可居无竹。无肉令人瘦，无竹令人俗。"[三]余曾栽竹数次，亦多以腊月。读书处有一小轩，名曰"有竹居"，题诗曰："有竹有竹可无俗，数千百竿绕我屋。春风春雨新翠浴，夏日压檐森众绿。萧疏秋月凉可掬，冬雪枝间零碎玉。四时之趣唯我欲，中有数椽作家塾。老去有书日日读，闲课儿孙愿已足。"

注：

[一]"东林"句：出自杜甫《舍弟占归草堂检校聊示此诗》。

[二]"生平"句：出自杜甫《客堂》。

[三]"宁可"句：出自苏轼《于潜僧绿筠轩》："宁可食无肉，不可居无竹。无肉令人瘦，无竹令人俗。人瘦尚可肥，士俗不可医。旁人笑此言，似高还似痴。若对此君仍大嚼，世间那有扬州鹤？"

笺：

《诗经·卫风·淇奥》："瞻彼淇奥，绿竹猗猗。有匪君子，如切如磋，如琢如磨。"《世说新语·任诞》："王子猷尝暂寄人空宅住，便令种竹。或问：'暂住何烦尔？'王啸咏良久，直指竹曰：'何可一日无此君！'"苏轼《于潜僧绿筠轩》："宁可食无肉，不可居无竹。无肉令人瘦，无竹令人俗。人瘦尚可肥，士俗不可医。旁人笑此言，似高还似痴。若对此君仍大嚼，世间那有扬州鹤？"文人士大夫于竹的喜爱渊源于古老的《诗经》，从那时起，竹就被寄寓了美好的品格，魏晋名士蜂起，竹子再被寄寓高洁的精神，后经宋人的巩固，竹子遂蕴含无比丰富的品德和精神，终跻身于"四君子"之一。在此，金门亦将竹子与士人的思想精神、人生遭遇、人格情趣等联系起来，赞美竹子其实体现的是文人士大夫独特的理想追求和人格志趣，决不可视为附庸风雅。于此可见金门高雅的人生情趣和人生理想。

（十二）

应玚[一]诗："昔有行道人，陌上逢三叟。年各百余岁，相与锄禾莠[二]。往前问三叟：何以得此寿？上叟前致词：室内姬[三]粗丑。二叟前致词：量腹节所受。下叟前致词：暮卧不复首。要哉三叟言，所以能长久。"杨廉夫[四]效其体，亦有《路逢三叟词》云："上叟前致词：大道抱天全。中叟前致词：寒暑每节宜。下叟前致词：百岁半单眠。"应诗真质，杨因而恢廓之，大意已尽。余有味乎其言，又从而衍[五]之曰："昔访农山叟，归路乐油油。又遇叟三人，百岁体方逑[六]。拱立问三叟：得此果何修？上叟前致词：神独与天游。中叟前致词：去私以忘忧。下叟前致词：寡欲淡所求。要哉三叟言，所以寿长留。"

注：

[一] 应玚：（？—217），字德琏，汝南（今属河南）人。"建安七子"之一。曹操丞相掾属，转为平原侯庶子，又转五官中郎将文学。

[二] 莠（yǒu）：名词，狗尾草。比喻品质坏的（人），如：良莠不齐。

[三] 姬（jī）：古代对妇女的美称；古代称妾；旧时称以歌舞为业的女子；姓。此处指妻子。

[四] 杨廉夫：杨维桢（1296—1370），字廉夫，号铁崖，又号铁笛道人，山阴（今浙江绍兴）人。元亡后不仕，隐居于钱塘等地。"铁崖体"是元代后期诗风的代表，雄奇飞动，充满力度感。著有《铁崖先生古乐府》《铁崖先生复古诗集》。

[五] 衍（yǎn）：开展；发挥。

[六] 逑（qiú）：强健；有力。

笺：

　　这里巧借"三叟"论养生长寿之道。应玚从忌美色、节饮食、睡觉方法三个方面总结长寿之方。杨维桢从"大道"、遵循节气、睡觉方法三个方面谈论长寿之道。金门从精神自由自在、去私忘忧、寡欲三方面探讨养生长寿之方。这应该与诗歌写作、鉴赏没有很密切的联系，无非表明，古人往往借诗歌的形式来表达所思所想，诗歌是古人抒情达意的常用方法之一。

（十三）

　　东坡常拈出渊明谈理之诗有三，曰："采菊东篱下，悠然见南山"[一]；曰："啸傲东轩下，聊复得此生"[二]；曰："客养千金躯，临化消其宝"[三]，皆以为知道之言。坡公盖非知渊明先生者也。先生实能乐道，非仅知道。其诗亦无处非理语，何止三者而已。尝于"论世知人"[四]之下，洞观其始终表里心迹，使斯人而在圣门，当不出季次、原宪[五]下，而其胸次悠然，无人不自得之趣，在在与浴沂[六]者等。至其行藏出处，与时消息，安贫乐道，屡空晏如，亦即颜氏之子[七]，其殆庶几之亚。圣人称蘧伯玉为君子，曰："有道则仕，无道卷怀。"[八]先生当晋室将亡刘宋将兴之会，浩然赋《归去来辞》。其因督邮之至而隐退者，特托之燔肉不至之微意，实即不税冕而行之家风[九]，倘所谓"见几而作，不俟终日"[十]者，非与[十一]？

注：

　　[一]"采菊"句：出自陶渊明《饮酒·其五》。

　　[二]"啸傲"句：出自陶渊明《饮酒·其七》。

　　[三]"客养"句：出自陶渊明《饮酒·十一》。

　　[四]论世知人：出自《孟子·万章句下》："颂其诗，读其书，不知其人，可乎？是以论其世也。是尚友也。"

　　[五]季次、原宪：出自《晏子春秋·问上六》："故臣闻仲尼居处惰倦，

廉隅不正，则季次、原宪侍。"《史记·仲尼弟子列传》："公皙哀字季次。孔子曰：'天下无行，多为家臣，仕于都；唯季次未尝仕。'"《史记·游侠列传序》："及若季次、原宪，闾巷人也，读书怀独行君子之德，义不苟合当世……终身空室蓬户，褐衣疏食不厌。"季次、原宪因此被作为能够安于贫贱的代称。

[六] 浴沂：出自《论语·先进》："（点，即曾皙）曰：'莫春者，春服既成，冠者五六人，童子六七人，浴乎沂，风乎舞雩，咏而归。'"①

[七] "至其"句：出自《论语·雍也》："子曰：'贤哉，回也！一箪食，一瓢饮，在陋巷，人不堪其忧，回也不改其乐。贤哉，回也！'"

[八] "有道"句：出自《论语·宪问》："蘧伯玉使人于孔子。"蘧伯玉，卫国人，名瑗。孔子在卫国的时候，曾经住在他家。《庄子·则阳》《淮南子·原道训》有载，不详录。由上述记载可推知，蘧伯玉是一位善于反省、改过之人。《论语·卫灵公》："子曰：'直哉史鱼！邦有道，如矢；邦无道，如矢。君子哉蘧伯玉！邦有道，则仕；邦无道，则可卷而怀之。'"

[九] 燔肉、税冕：《孟子·告子下》："孔子为鲁司寇，不用，从而祭，燔肉不至，不税（音脱）冕而行。不知者以为为肉也，其知者以为为无礼也。乃孔子则欲以微罪行，不欲为苟去。君子之所为，众人固不识也。"

[十] 见几而作，不俟终日：《周易·系辞下》："君子见几而作，不俟终日，《易》曰：'介于石，不终日，贞吉。'介如石焉，宁用终日？断可识矣！"②

[十一] 与：（1）助词，表疑问、反诘或感叹。（2）通"欤"，助词，表示疑问或反问语气，相当于"吗"；助词，表示感叹，相当于"啊""呀"。这里表示反问。

笺：

金门由东坡评陶诗"知道"论到渊明"始终表里的心迹"，明其甚得儒家"孔颜"之真传。那么，"孔颜"有哪些值得称道的品格呢？"胸次悠然"、"自得"、"安贫乐道"、有道则仕无道则隐（孟子云："穷则独善其身，达则兼济天

---

① 杨伯俊译注：《论语译注》，中华书局1980年版，第119页。以下引用《论语》句，均出自该书，恕不再注明。

② 黄寿祺、张善文：《周易译注》，上海古籍出版社2004年版，第542页。

下")等皆是也。正因为陶渊明深受儒家思想影响,其品格和心迹让他在纷乱动荡的时世能够见微知著地做出人生中的重要选择。他辞官归隐难道仅仅是因为不愿折腰于督邮吗?可能是,但也极有可能是看到了晋宋禅代后隐藏的危机,所以及时退隐,一方面保全性命,另一方面"独善其身"。因此,陶渊明的诗歌中之所以充满理趣,除了当时受到玄佛思想的影响外,就是由于诗人身处那个乱世,为了保住生命和不同流合污,所以选择了儒家圣人孔子、颜回式的隐退处世之道。综观陶诗,直接或间接出自《论语》的地方比比皆是,这也可看出陶渊明身上浓郁的儒家思想。金门于此要谈的应该是作为诗人的陶渊明主要受到了哪种思想的深刻影响这个问题。

(十四)

严子陵[一]先生归钓富春山,识者以为能振兴东汉一代气节。先生不为五斗米折腰,足令闻风者顽廉懦立,有功名教,百世下同不朽已。特子陵遇有道时而显,先生遇无道时而晦耳。若其尝寄兴于酒者,乃其活泼之怀借此抒写,亦非刘伯伦[二]《酒德颂》之为,有识者自能窥其底蕴。其寓情于菊者,正韩魏公[三]所云"晚节黄花"之意,正其抚时傲世之心性所见,端周子[四]谓"菊之爱陶,后鲜有闻[五];牡丹之爱,宜乎众矣"。周子岂沾沾取先生之爱菊而已哉!盖别有取焉者也。知周子之所以爱莲,则知先生之所以爱菊矣。故陆稼书[六]先生尝议其"笑傲东轩"、"南窗寄傲"之一"傲"字,余昔曾为解之(见《味道轩诗稿(中)》)①。

注:

[一] 严子陵:名光,字子陵,东汉隐士。曾与东汉光武帝刘秀友好。刘秀做了皇帝后,屡次征召其为谏议大夫,均被其拒绝,成为不慕荣利的典型。范晔《后汉书·逸民列传》载其事。富春山位于浙江省桐庐县,是一处山与水

---

① 陈伟勋此处提及之《味道轩诗稿》已佚。

完美结合的风景佳处,景色优美。由于东汉名士严光在此隐居,后世人遂称富春山为"严陵山",又称其于富春江垂钓处为"严陵濑",其垂钓蹲坐之石为"严子陵钓台"。

[二]刘伯伦:刘伶,"竹林七贤"之一,嗜酒,《世说新语》有载,作有《酒德颂》。

[三]韩魏公:指北宋大臣韩琦,封魏国公,与范仲淹齐名,历任封疆大吏,功勋卓著。"晚节黄花"这个故事讲的是韩琦解甲归田后,夫人许氏欲以为次子谋官试探韩琦,韩琦不为所动,认为其他四个儿子都是靠真才实学做官,在家的儿子务农也很好,不想因为替儿子谋官而晚节不保,写了两联诗"莫羞老圃秋容淡,要看寒花晚节香",其妻许氏挥笔写下横批"晚节黄花"。

[四]周子:周敦颐(1017—1073),字茂叔,北宋道州人,今湖南道县人,世称濂溪先生,北宋著名的理学家,著有《周元公集》《太极图说》《通书》等。

[五]"菊之爱陶,后鲜有闻"句:此句断句应在"爱"后,"陶"属下。

[六]陆稼书(1630—1692):名陇其,浙江平湖人,康熙年间进士,曾任嘉定、灵寿知县,有惠政。

笺：

金门于此将渊明"寄心兴于酒""寄情于菊"与儒家圣贤联系在一起,探寻其中蕴含的"有功名教"的"傲世心性"。可见,渊明嗜酒,其诗文篇篇有酒,充满酒气,决不同于魏晋时期主流名士们的纵酒任诞,也不同于有些士人的自我麻醉。渊明爱菊也不一定等同于韩琦"晚节黄花"之品德,可能仅仅是追求一种悠然自得的生活情趣和精神境界。金门于此的误区是:没有考虑到生在不同时代的诗人的思想和人生旨趣是并不相同的,这也就是孟子所说的"知人论世"。金门欲解陶诗,还是要切实回到陶所生活的晋宋易代的那个时代中去,不能总是将陶渊明机械地与儒家圣贤和思想连接起来,这样是不利于客观理解陶诗及其为人的。前面,金门竟大胆地说苏轼不解陶诗,其实,从后世士大夫读陶、解陶的历史看,苏轼堪称陶渊明的隔代知音,这其实是很多学人的共识,不知金门为何要挑战这个事实。

（十五）

　　至其诗语语理趣，不可枚举。姑即数处言之，如："倾身营一饱，少许便有余"[一]，可谓守分知足也；"众鸟欣有托，吾亦爱吾庐"[二]，大有万物得所气象也；"欢言酌春酒"[三]，"日暮天无云"[四]，鱼跃鸢飞，并无纤毫障翳也；"既耕亦已种，时还读我书"[五]，日用行习常此，无损无加也；"不赖固穷节，百世当谁传？"[六]"朝与仁义生，夕死复何求"，是实有所得，为天地不虚生之人也；"及时当勉励，岁月不待人"[七]，终日乾乾，自强不息也；"纵浪大化中，不喜亦不惧。应尽便须尽，无复独多虑"[八]，即君子所性，富贵不淫，贫贱不移之大道也；"前途当几许，未知止泊处。古人惜寸阴，念此使人惧"[九]，则有进无止，欲罢不能，过此以往未之或知之诣力也，诗味皆从理道中流出。其词则所谓"天然去雕饰"[十]，不待负才使气有意为工也。诗集中半多田间景物，不屑屑于风花雪月之谈，足见古圣人《周书·无逸》[十一]稼穑知依、忧勤惕厉相传之心法。李麓堂[十二]称其诗质厚醇古，愈读而愈见其妙，盖深有味于语言文字之外也。余昔尝赋《梦见先生》诗，后又有《咏菊》诗，已极阐扬之意。今既历举先生之诗以想见其为人，更举先生自况语以证之。其云："乐夫天命复奚疑"[十三]，真能乐天命者也；其云："羲皇上人"[十四]，"无怀氏之民，葛天氏之民"[十五]，真羲皇以上怀葛之人，非三代下人也；其云："此中人语，不足为外人道"[十六]，真可为知者道，不能为俗人言也[十七]。自是而先生之为先生，见矣。因更赋之曰："先生非诗人，论诗固豪杰。使其出圣门，狂狷优同列。风浴咏归[十八]来，春光共怡悦。不为五斗米，不屑斯不洁。出处行藏间，知几既明哲。乞食以安贫[十九]，乐道无中热。身世寄桃源，觉有天地别。安能魏晋时，一出使腰折。寄傲南窗前，顽懦扶其劣。闻风百世下，我怀陶靖节。"

注：

［一］"倾身"句：出自陶渊明《饮酒·其十》。

［二］"众鸟"句：出自陶渊明《读〈山海经〉·其一》。

［三］"欢言"句：出自陶渊明《读〈山海经〉·其一》。

［四］"日暮"句：出自陶渊明《拟古·其七》。

［五］"既耕"句：出自陶渊明《读〈山海经〉·其一》。

［六］"不赖"句：出自陶渊明《饮酒·其二》。

［七］"及时"句：出自陶渊明《杂诗》。

［八］"纵浪"句：出自陶渊明《形影神》。

［九］"前途"句：出自陶渊明《杂诗·其五》。"惜寸阴"原为"惜分阴"。《辑要》据朱东润主编《中国历代文学作品选》改。查袁行霈《陶渊明集笺注》，确为"惜寸阴"①。

［十］"天然"句：出自李白《经乱离后天恩流夜郎忆旧游书怀赠江夏韦太守良宰》。

［十一］《周书·无逸》：《辑要》认为原作"《豳风·无逸》"误。"《无逸》篇不属《诗经·豳风》，而是《尚书·周书》里的篇章。"

［十二］李麓堂：李东阳（1447—1516），字宾之，号西涯，谥文正，湖南茶陵人。十八岁进士及第，入朝任职。弘治五年（1492），入内阁典诰敕，后迁大学士。著作为《怀麓堂集》，内含《诗话》一卷。李东阳的文学理论有两个方面：一是儒家的教化说，二是严羽诸人对诗的艺术特征的强调。提出"诗在六经别是一教""时代格调""浑雅正大""真诗乃在民间"等明代中叶前七子复古文学思想理论，影响一个时代的文学发展。

［十三］"乐夫"句：出自陶渊明《归去来兮辞》。

［十四］羲皇上人：出自陶渊明《与子俨等疏》："尝言五六月中，北窗下卧，遇凉风暂至，自谓是羲皇上人。"

---

① 袁行霈：《陶渊明集笺注》，中华书局 2003 年版，第 347 页。以下陶渊明诗均出自该书，不再注明。

[十五]"无怀氏"句：出自陶渊明《五柳先生传》。

[十六]"此中"句：出自陶渊明《桃花源记》。

[十七]"真可"句：出自司马迁《报任少卿书》："仆诚以著此书藏诸名山，传之其人，通邑大都，则仆偿前辱之责，虽万被戮。岂有悔哉？然此可为智者道，难为俗人言也。"①

[十八]风浴咏归：见前（十三）第[六]。

[十九]乞食：出自陶渊明《乞食》："饥来驱我去，不知竟何之。行行至斯里，叩门拙言辞。主人解余意，遗赠岂虚来。谈谐终日夕，觞至辄倾杯。情欣新知劝，言咏遂赋诗。感子漂母意，愧我非韩才。衔戢知何谢？冥报以相贻。"

笺：

"我怀陶靖节"，金门正是属意于渊明诗歌与儒家的紧密关联，因此表现出对陶渊明其人其诗的极其喜爱之情，称赏陶诗与赞赏陶之为人并举。陶诗充满"理趣"，陶诗"诗味皆从理道中流出"，陶诗"质厚醇古"云云，都是将陶诗与程朱理学联系起来的很好的例子。其实，这超越了赏析陶诗的层面，先入为主地从理学的角度审视陶诗，不禁给人头手倒立的感觉。纵观古今的读陶史，读者从陶诗能读到什么，取决于读者持有什么样的人生观、价值观和世界观。金门笃信程朱理学，因此可能看不到陶诗那种悠然自得追求精神自由的真面目，当然也看不到陶诗记录的陶渊明退隐后的诸多人生忧虑，并不是靠理学家的所谓"道"就能将人生中的贫困、疾病、死亡、教子、交友等矛盾交织情感丰富的经历给轻飘飘地化解掉。只要举一例就可说明问题，那就是读一读理学家的诗歌，就很能看出，陶渊明其实与后来兴起的理学没有丝毫的关系，其人生活在世俗，其诗从自然田园间流出，无一丝伪饰，无一丝造作，真淳质朴。不可讳言的是，此与理学家渴望达到的人生、精神境界又极其相似。

（十六）

西湖为东南名胜，士大夫携酒载妓，箫鼓喧阗[一]，游尘万

---

① （梁）萧统编，（唐）李善注：《文选》，上海古籍出版社1986年版，第1866页。

斛^[二]矣,而以白乐天、苏东坡二巨公为首唱。自唐越宋以迄于今,千载一辙。有元僧圆至者,《晓过西湖》诗云:"水光山色四无人,清晓谁看第一春?红日渐升弦管动,半湖烟雾是游尘。"湖内骊珠^[三],被此人探去矣。其云"清晓第一春"者,分明自诩无人见到之意。不知前人亦有得此意者否?余因咏之曰:"多少西湖载酒朋,晓看春色问谁曾。如何领略湖中趣,第一还输者个僧。"两间景物,供人胜趣不少,人人得意处,又各不同,如此类多矣,何独西湖游人?

注:

[一] 阗(tián):充满。

[二] 斛(hú):名词,旧量器,方形,口小,底大,容量为十斗,后来改为五斗。"万斛"形容量很大。

[三] 骊珠:出自《庄子·列御寇》:"夫千金之珠,必在九重之渊而骊龙颔下,子能得珠者,必遭其睡也。"① "骊"是指纯黑色的马。"骊珠"比喻珍贵的人和物,这里指西湖美景。

笺:

面对人间美景,游人怎会没有感受,何况饱读诗书的文人雅士呢?人因景而感发,景因人而传世,人与景的遇合又凭借诗歌万古流传。谁说文学只有劝善惩恶的政教伦理功能?文学的审美功能构建了我国辉煌的文学发展历程。正如看风景的人最终成了美丽风景的一部分,文人雅士、美景、雅诗同样成为不可分割的亘古风景,其中风景不再局限于客观的自然世界,而是留下了人类活动及其情感的痕迹,成为一片富于诗情画意的人文风光。

(十七)

"邦有道,危言危行;邦无道,危行言孙。"^[一] "言孙"以避

---

① (清)郭庆藩辑,王孝鱼整理:《庄子集释》,中华书局1961年版,第1061页。

祸也，而"危行"仍不可变。"危"训高峻，不言高峻言危者，惟高故危也。余尝味此言而未能尽其道。明杨宪使孟载[二]诗有"乱世身如危处立，异乡人似梦中来"之句，"危处立"三字，善于形容，盖已将夫子"危"字之意和盘托出矣。不禁为之击节，用赋一律云："何事忧心悄悄悬，只缘身在最高巅。枢机未发思荣辱，人世何争任后先。急雨狂风稳立脚，长途重担硬摩肩。应将百尺竿头进，勒马危崖慎着鞭。"

注：

[一]"邦有道"句：出自《论语·宪问》："子曰：'邦有道，危（高峻，引申为正直）言危行；邦无道，危行言孙（同逊，谦逊）。'"意思是：政治清明，言语正直，行为正直；政治黑暗，行为正直，言语谦逊。

[二]杨宪使孟载：明初杨基，《明史·文苑传》列举明初文人，高启、杨基、张羽、徐贲并称"吴中四杰"。徐贲（1335—1380）《答故人杨宪副孟载》，张羽有《挽杨宪府孟载二首》。明代都穆《南濠诗话》云："杨宪使孟载与高侍郎季迪、张太常来仪、徐方伯幼文友善，四公皆吴产，皆妙于诗，世称高杨张徐。孟载诗律尤精，……""孟载"乃杨基无疑也。

笺：

此乃感叹为官处世之道也！但仍不失儒家知识分子的操守和气节，只是为了保住性命，不得不暂时卸下那念兹在兹的社会使命。《论语·泰伯》曰："天下有道则见，无道则隐。邦有道，贫且贱焉，耻也；邦无道，富且贵焉，耻也。"《孟子·尽心上》曰："古之人，得志，泽加于民；不得志，修身见于世。穷则独善其身，达则兼善天下。"

（十八）

魏仲先野[一]诗"身犹为外物，诗亦是虚名"，隐者语也。余谓从阴骘[二]之原说起，则民胞物与，天下皆吾分内，身何可为外物？从嗜欲之途说来，则此语真能透辟，非了悟者不能言。又，诗以言志，以理性情，在古人已不废，特后人有意近名，虽作诗亦犹有名之一念，至谓"为虚名"。则并此念而消融之，乃真能淡定者矣。慕而为之诗曰："隐士孰称贤？翛然魏仲先。无心时饲鹤，有梦惯游仙。名已空千古，身还置一边。惟将真质性，无欲静还天。"仲先《闲居书事》云："成家书满屋，添口鹤生孙。"《窥莱公[三]见访》诗："惊回一觉游仙梦，村巷传呼宰相来。"诗中用鹤与梦事，本此。

注：

[一] 魏仲先野：魏野（960—1020），字仲先，号草堂居士，北宋诗人。北宋诗歌流派之一的"晚唐体"的代表诗人，诗歌效法贾岛、姚合，苦吟求工，诗风清淡朴实。其他晚唐体诗人还有：寇准（莱公）、鲁三江（交）、林和靖（逋）、魏仲先父子（野、闲）、潘逍遥（阆）、赵清献（抃）之祖（湘）等。一生清贫，但不随波逐流。有《寻隐者不遇》传世，诗曰："寻真误入蓬莱岛，香风不动松花老。采芝何处未归来，白云边地无人扫。"

[二] 阴骘（zhì）：暗中使安定；阴德。

[三] 寇莱公：寇准。北宋初年兴起的"晚唐体"诗人群中的一员，其他诗人还有："九僧"——希昼、保暹、文兆、行肇、简长、惟凤、惠崇、宇昭、怀古等九位僧人；潘阆、魏野、林逋等。

笺：

此处主张作诗也应不存名利之念，否则就写不出格调高远的诗歌来。因此，全门特意推崇隐士抒发无欲之真性情的诗歌，但实际上这种诗歌境界是很难达到的，故而"鹤""梦"意象备受称赏。

（十九）

《都南濠诗话》[一]："元微之[二]《题刘、阮天台山》诗云：'芙蓉脂肉绿云鬟，罨[三]画楼台青黛山。千树桃花晚年药，不知何事忆人间。'后元遗山云：'死恨天台老刘、阮，人间何恋却归来？'正祖此意。顷见杨廉夫诗集亦有是作云：'两婿原非薄幸郎，仙姬已识姓名香。问渠何事归来早，白首糟糠不下堂。'较之二元，情致不及，而忠厚过之。"余谓刘、阮事，无是公也，亦不足深辨。特怪诗人咏之者如二元，作意千古雷同，近世甚有为之排律试帖者，文人习气，大抵为然。求如廉夫用意者，不可得也。余欲一正论之，鲜有不笑骂其迂者，不得已为引一诗。尝有人作客京师，乃别娶妇，王孟端舍人作诗寄之云："新花枝胜旧花枝，从此无心念别离。可信秦淮今夜月，有人相对数归期。"其人得诗感泣，不日数归。余谓刘、阮殆不及此人多矣，天台仙子亦不过新花枝之艳，白首糟糠。不尝对月数归期乎？好事者为作此诗者立其题目曰："天台仙子送刘、阮还家。"夫曰"还家"，其有家明矣。曰"老刘、阮"（元遗山诗云云），则还时已老，初时年少，可知年少有家而别，到老方归。吾不知艳说刘、阮者，亦尝念及其家室作何安顿否？二元诗"不知何事忆人间"，"人间何事却归来"，使其身遇此事，必将老死不归，其糟糠少妇转眼白首，不足以当其一盼，独非天下负心人乎？《列仙传》[四]乃神其说曰："刘晨阮肇还家，已有七世孙矣。"吾不知其人入山采药时，年少已有子否？可笑也。此事虽笔墨游戏，亦不宜太涉荒唐，爰为赋之云："少年何日到天台？应是新婚别亦才。思妇人间今易老，那堪夫婿始归来。"又赋云："天台仙子貌如花，两婿迷中尚忆家。假使诗人作刘、阮，糟糠白首怅天涯。"因忆二十余年前北上沾益[五]，《旅次枕上口占两绝句》云："月色满香街，春深花睡去。孤灯此独眠，蝶梦已省处。""游子恋他乡，歌姬列四旁。岂非佳丽偶，曾否共糟糠？"又，《邯郸旅次书怀》云："远行何日不思归，为有糟糠共缟衣。一宿罗浮终梦耳，落花流水是耶非？"亦同此意。

注：

［一］《都南濠诗话》：即明代都穆《南濠诗话》。

［二］元微之：元稹（779—831），字微之，别字威明，河南洛阳人，北魏鲜卑拓跋氏后裔，唐代诗人、文学家，与白居易共同倡导新乐府运动，世称"元白"。详细可参本书前卷一（五）注［一］。

［三］罨（yǎn）：捕鸟或捕鱼的网；覆盖、敷。

［四］《列仙传》：西汉刘向撰，是我国古代记载神仙传说故事最早的典籍之一。

［五］沾益：今隶属云南省曲靖市，为沾益区，珠江源头南盘江即发源于沾益马雄山。

笺：

东汉刘晨和阮肇入天台山遇仙女结为夫妻的故事寄寓人文对太平盛世和幸福婚姻的美好理想。在这里，金门认为唐代元稹、金代元好问用刘晨和阮肇事虽有情致，但不如杨维桢用此神话用得"忠厚"。接着，他将这个美丽的神话故事引向人间现实伦理，即刘晨和阮肇虽然有幸得遇神仙，但家中的糟糠之妻却望穿秋水，虚度了青春，明显对刘晨和阮肇进行批评。其实，不能将诗歌中引用的倾向于虚构或充满想象的故事人物拉向现实，以现实的伦理道德去约束它，这样不仅使原来充满美丽幻想的故事失去浪漫情怀，还会让诗歌的风格变得很单一，从而枯燥得令人味同嚼蜡。当然，金门心中有亲情，对糟糠之妻的忠贞的爱是很值得现在的我们学习的。但也可能存在这样的情况，就是诗人写诗提倡家庭亲情，但真实的家庭生活中却是三妻四妾，同样嫌弃并最终辜负了糟糠之妻。这样的文人不在少数，我们切不可当真的。

（二十）

《瞿存斋诗话》云："汴梁相国寺，暇日予与黄体方游焉，将谓有南方花木之胜，香茗之供。而鄙陋殊甚。僧皆毡帽皮靴，发长过寸,言貌粗俗,体方呼为'恶僧'。口占云:'步入空门见恶僧,红毡被体发髼鬙[一]。'予续之曰:'一言能得君王意,安得当年老赞宁?'盖宋初,赞宁为寺主,太祖至寺行香,问曰:'朕见佛,拜是,不拜是?'对曰:'见在佛不拜过去佛。'大合帝意,遂为定礼。"余谓自来浮屠[二]多黠慧者,"见在佛不拜过去佛"云云,亦其家揣摩极熟、衣钵相传之语,何足称重。或其寺僧传为佳话,流俗从而附和之耳。存斋顾引而称扬之,何也?为续黄体方二语,后足成一绝。又次韵再得一绝云:"步入空门见恶僧,红毡被体发髼鬙。由来族类原非我,面目那令人不憎?"又,"更有许多狡黠僧,阇黎[三]新剃不髼鬙。渠身已堕空门里,作态炎凉更可憎。"

注:

[一] 髼鬙(péng séng):头发散乱的样子。

[二] 浮屠:佛陀;和尚;佛塔。也作浮图。

[三] 阇黎(shé lí):[阿阇梨之省,梵 ācārya]高僧,也泛指僧人。

笺:

此则可见金门对不虔诚侍佛反浸染世俗气息的僧人的批评和揶揄,这是值得赞扬的。于此亦可见清代佛教中国化的程度之深及中国化之后产生的佛教的世俗化,即"狡黠僧"也!

(二十一)

老杜《茅屋为秋风所破歌》"安得广厦千万间,大庇天下寒士俱欢颜,风雨不动安如山。呜呼!何时[一]突兀见此屋,吾庐独破受冻死亦足。"乐天《新制布裘成》云:"安得万里裘,盖裹周四垠。稳暖皆如我,天下无寒人。"《新制绫袄成》云:"百姓多寒无可救,一身独暖亦何情。心中为念农桑苦,耳里如闻饥冻声。争得大裘长万丈,与君都盖洛阳城。"二公皆以天下为心者,但白实学杜耳。且杜穷而白达,所谓"稳暖皆如我","都盖洛阳城"等句,亦未尽见诸行事,只留虚语而已。夫士生三代下,固多有志未逮者,然欲使匹夫匹妇皆被其泽,亦何道而能然哉!余尝反复思之,除却三代井田之法而欲使天下无一夫不得其所,亦空言"万里裘"耳。井田之说,自孟子语滕文公后,[二]有宋朱子张子慨然欲行之而卒有志未就,固知古道之不可复行于后世也。然士苟有志,当未达时,浩歌千古,何不可作快心之论?因诵杜白诗兴感曰:"少陵万间屋,庇士亦差足。乐天万里裘,虚空何处求?伊周事业今已矣,安能一夫无不获!惟有井地大略存,相时损益加润泽。不须亟夺富人产,但令无容连阡陌。就中画作公私田,给富者租供赋役。一夫量授几许田,一家量占几许宅。田中谷稻墙下桑,少壮不饥老衣帛。士人耕毕还读书,数椽风雨聊自适。比户时闻机杼声,深秋处处催刀尺。衣食既足学校兴,闾胥[三]党正官师择。作育秀髦胥彬彬,孝弟力田登户册。父老扶杖多欢声,颂扬明圣手加额。歌挟纩[四],乐春台[五]。屋能自立自裁,广厦大裘安用哉!"

注:

[一] 何时:据清代仇兆鳌《杜诗详注》,"何时"后少"眼前"。

[二] "井田"句:"井田制"出现在夏、商、周和春秋时期,最早记载它的是《孟子》。《孟子·滕文公上》载:"……死徙无出乡,乡田同井,出入相友,守望相助,疾病相扶持,则百姓亲睦。方里而井,井九百亩,其中为公田。八家皆私百亩,同养公田;公事毕,然后敢治私事,所以别野人也。此其大略也;若夫润泽之,则在君与子矣。"

[三] 闾胥:《周礼·地官·司徒》谓乡以下的行政区依次为州、党、族、闾、比。闾有闾胥,以中士任之,以胥称之,因胥为有才智者之称呼,每闾有二十五家。

[四] 纩(kuàng):丝绵。亦可写为"纊"。

[五] 春台：语出《老子》。《老子·二十章》云："……众人熙熙，如享太牢，如春登台。我独泊兮，其未兆。"①"春台"指游览之所。

笺：

此处将子美之"广厦"与乐天之"万里裘"并论，恐不妥！子美实具"民吾同胞，物吾与也"（宋张载《西铭》）的仁爱之心，然乐天则为士大夫之故作姿态，百姓的喜怒哀乐原无关其心，这已为文学史学者们所论证，成为共识。概言之，乐天"万里裘"之论更多的是为其"歌诗合为事而作，文章合为时而著"的诗文创作理论而存在的，因而并不具有多少现实的情感和意义。金门也看出，三代后，"万里裘"已沦为空言。"然士苟有志，当未达时，浩歌千古，何不可作快心之论？"由诵杜白诗而兴感成诗。观金门此诗，乃以诗释孟子"齐桓、晋文之事"也！诗歌成为宣扬儒家政教伦理的工具，明矣！

（二十二）

前人有"红尘三尺险，中有是非波"之句，阅历世情语，闻之足戒。然独不云"不作风波于世上，自无冰炭到胸中"乎？横逆之来，固有阴险不可测者，然除却三自反之外，只有禽兽，何难之一解。若夫君子所患则亡矣，非仁无为也，非礼无行也。如有一朝之患，则君子不患矣。圣贤之大处如此，其存心厚处即此，其独立不惧处亦即此。若徒畏世情之险，不能立定自己脚跟，将随一世为浮沈，除非做乡愿[一]之同流合污而后可，则何可也。《咏怀》曰："世上风波我不作，胸中冰炭自然无。纵逢三尺红尘险，息是非波仍故吾。"

注：

[一] 乡愿：《论语·阳货》云："子曰：'乡愿，德之贼也。'"《孟子·尽

---

① 陈鼓应：《老子注译及评介》，中华书局1984年版，第140页。

心下》云："曰：'何以是嘐（xiāo）嘐（志大言夸的样子）也？言不顾行，行不顾言，则曰，古之人，古之人。行何为踽踽凉凉？生斯世也，为斯世也，善斯可矣。'阉然媚于世也者，是乡原也。万子曰：'一乡皆称原人焉，无所往而不为原人，孔子以为德之贼，何哉？'曰：'非之无举也，刺之无刺也，同乎流俗，合乎污世，居之似忠信，行之似廉洁，众皆悦之，自以为是，而不可与入尧舜之道，故曰"德之贼"也。孔子曰：恶似而非者：恶莠，恐其乱苗也；恶佞，恐其乱义也；恶利口，恐其乱信也；恶郑声，恐其乱乐也；恶紫，恐其乱朱也；恶乡原，恐其乱德也。君子反经而已矣。经正，则庶民兴；庶民兴，斯无邪慝矣。'"结合孔孟所论看，"乡愿"式的人对仁义没有坚定的执守，他们只关心个人利益，从不在乎善恶是非等社会公德是否受到践踏和损害，他们有时恬不知耻地将仁义作为谋取私立满足私欲的遮羞布。因此，孔孟认为，在修养成就君子品格的时候，一定要提防并远离乡愿。《现代汉语词典》这样解释"乡愿"：外貌忠诚谨慎，实际上欺世盗名的人。①

笺：

金门认为，一个人要想不受险恶伤害，就要先向古圣先贤学习，做一个怀仁尊礼的君子，因为"君子不患"。儒家这个思想与道家甚为相似，《老子·十三章》云："吾所以有大患者，为吾有身，及吾无身，吾有何患？故贵以身为天下，若可寄天下；爱以身为天下，若可托天下。"老子在这里也强调"贵身"思想。只不过两家还是有分歧，儒家是通过修齐来主动化解外在的凶险，而道家则是从珍惜个体生命的角度被动躲避外在的凶险。二者的智慧显然不同，但完善自我、成就自我的目的殊途同归。金门《咏怀》属于以诗说理，偶一为之，无伤大雅，若连篇累牍，则"理过其辞，淡乎寡味"矣！

（二十三）

谢安[一]语王羲之[二]曰："中年以来，伤于哀乐。"羲之曰：

---

① 中国社会科学院语言研究所词典编辑室编：《现代汉语词典》（第6版），商务印书馆2012年版，第1418页。

"年在桑榆,自然至此。顷正赖丝竹陶写,恒恐儿辈觉减[三]其欢乐之趣。"王谢风流,当时仰若神仙,而其自视犹不能尽乐如此。至其子孙凋谢,景况全非矣。刘梦得诗云:"旧时王谢堂前燕,飞入寻常百姓家。"寥落之状,不堪回首,惟安石、逸少二公尚以贤传至今日。人之荣悴,亦在人不在境矣。因论此感作云:"王谢人瞻一代仙,桑榆哀乐有谁怜?惟知丝竹堪娱老,未识子孙可象贤。淝水有功安石著,兰亭一序右军传。人生莫问枯荣事,须立芳名在盛年。"

注:

[一] 谢安(320—385),字安石,陈郡阳夏(今河南太康)人。

[二] 王羲之(303—361,或321—379),字逸少,琅琊临沂(今属山东)人,居会稽山阴(今浙江绍兴)。后世尊为"书圣"。

[三] 减:唐代房玄龄等撰《晋书·王羲之传》"减"作"损"。

笺:

金门此处恐将谢安、王羲之对话的意思理解偏了。《晋书·王羲之传》载此事,谢安先向王羲之述说面对亲人离世的悲伤之情,王羲之劝慰谢安,不要一直沉浸于亲人逝去的悲伤之中,可以想一些快乐的事情,比如音乐。王谢二人本东晋世家大族的旗手,他们对名利、生死依然执着,所以不会由此得出金门所谓"人生莫问枯荣事,须立芳名在盛年"的积极人生观。书法史上有关于《兰亭集序》真伪的争论,主张《兰亭集序》为伪的人就以"一死生为虚诞,齐彭殇为妄作"不符合逸少思想,从而否定《兰亭集序》为真。可见,作伪者分明看到了王羲之身上或多或少有着庄子齐生死、同寿夭的思想的,不然,作伪也太没水平了,太容易被人看出来。可见,金门所受儒家政教伦理思想影响之深,以至于将其带至对魏晋名士的评判和认识上来。当然,他的确是看错了。

(二十四)

李肇《国史补》载韩愈游华山,穷极幽险,心悸目眩不能下，发狂号哭，华阴令百计取之方得下云。后公《答张彻》诗云："洛邑得休告，华山穷绝陉[一]。倚岩睨海浪，引袖拂天星。磴藓汰[二]拳跼，梯飙颸伶俜。悔狂已昨指，垂戒仍镌铭。"贤者岂轻命若此，偶出于一时之高兴耳。善乎邵康节先生有曰："美酒饮教微醉后，好花看到半开时。"凡兴到时，须留不尽之意。险处尤不可往，《易》所谓"见险而能止"，知矣哉[三]。此须是慎于始，方无悔于终也。乃咏之曰："游山太高兴，昌黎已昨指。登高与临危，处处皆如此。得意十分事，可至三分止。花果半开好，酒以微醉美。乘兴思留余，最要谨其始。"又就韩文公诗赋一首以咏志曰："欲睇沧海日，欲摘曙天星。会上华山顶，直入青霄青。下视九点烟，豁尔双眸醒。素抱区区志，维岳应降灵。但恐高处险，息心仍自铭。"

注：

[一] 陉（xíng）：山脉中断的地方；井陉，地名，在河北。

[二] 汰（tá）：滑溜，光滑。

[三]"见险"句：《周易·蹇》："《象》曰：'蹇，难也，险在前也；见险而能止，知矣哉！'"意思为：《象传》说，"蹇"的意思是行走艰难，譬如险境就在前面，行走必难；出现险境而能停止不前，可以称为明智啊！① 需要说明的是，陈伟勋将"知矣哉"与"见险而能止"断开，在《周易》中是连在一起的。造成这种情况的原因，极有可能是陈伟勋在引用的时候记忆有误，又没有查阅《周易》。

笺：

此为以诗说理之作。说了什么理呢？其实有些小题大做。那就是以昌黎先生冒险登华山为例，引出一通爱生、惜生之论。不如此，则有悖于圣贤训导。

---

① 黄寿祺、张善文：《周易译注》，上海古籍出版社2004年版，第298页。

从为人来看，金门亦认为需"慎于始，方无悔于终"。进而以韩愈《答张彻》得到诗歌创作的灵感，颇有北宋"江西诗派"之弊病。

（二十五）

杨轩《牡丹》诗："杨妃歌舞态，西子巧谗魂。利剑斫不断，余妖种此根。"恶之极矣，但未言绝之之道。余步其韵得七绝云："任是杨妃歌舞志，凭他西子巧谗魂。但看尤物为顽物，利剑何难斫此根。"夫尤物足于移人，岂能移我不移于物之心？但置我心于淡，而视此物为顽，天下已无足移我者。不然今古茫茫，余妖不绝，虽利剑亦何可胜斫耶！

前论牡丹诗，谓虽冶艳之物，以淡视之，无足动怀。此为根原之论。然到此地位，究未易言。虽祖裼[一]裸裎于我侧，与之偕而不自失焉，此惟柳下惠能之。昔鲁男子行遇雨，避路旁一空舍中，有一女子继至欲入，男子闭门辞以男女之别，女子曰："何不闻柳下惠坐怀不乱？"男子曰："此柳下惠能之，我则不能。"终不之内。人称鲁男子善学柳下惠。大程夫子目中有色心中无色，此亦几圣人地位，不容易言。伊川先生便是整齐严肃也，尝曰："不见所欲，则心不乱。"诚恐既见而不动心之难也。故学者非礼勿视之功，须戒慎于平日，尤须斩决于临时。当艳冶之来前，宜敬以自守，严以相绝。设有情不自禁处，便当存不可与不敢之心，或闭门而不内，甚则逾垣而避之。其要总在斩断一念，不可稍有游移。打过此关，方免失足。有一生馆于某家，夜半有女自窗窥之，生亟吟诗曰："掐破纸窗容易补，损人阴德最难修。"邪心顿息，明日遂托故辞归。此即不可不敢之心，逾墙避之之意，盛德事矣。故淫情窃发，惟有一"敬"字胜之。此最是学者下手工夫，即持之终身，可保无失者也。因于论牡丹诗后，赋长古一篇云："嗜好溺人易，色欲味弥旨。旨者在必弃，淡之而已矣。以淡清心源，以敬立心轨。但属非礼处，一切严视履。艳冶逼人来，此心只如水。妖媚百般态，尔自为尔耳。青天白日下，安得此傀儡。视之以怪物，淫情何自起？倘犹见为人，应亦怀羞耻。严气复正性，可惧不可喜。天帝实临汝，天心常顾諟[二]。保我清洁躯，不堕污泥里。打过此一关，乃足称佳士。所以少年人，允宜慎厥始。小小嫌疑间，也勿涉瓜李。坐怀谁不乱？欲炽已难止。严拒且敬避，当学鲁男子。"

注：

[一] 褆（tí）：衣服厚、好的样子。

[二] 諟（shì）："諟正"，订正。

笺：

红颜祸水之论，此乃清代金门所处时代之常论，亦为当时政治衰败之征兆。以牡丹喻乱政之杨贵妃、西施，金门于此转出另一层意思，即"以淡视之，无足动怀"。原来，金门是要赞美"大程夫子"坐怀不乱的修养，无论举了多少可效仿的例子，全不出程朱理学"存天理，灭人欲"的谬论。反复论说存灭之方（淡、避、敬）之道（礼、正性）。后所作诗纯为明代程朱理学笼罩下之"理气化"的诗风，前后七子已与之抗争矣，可还是影响到清代的诗歌创作。从诗歌的本质而言，这样充满理学气、道德气、说教气的诗歌是没有什么艺术生命力的。

（二十六）

《碧溪诗话》云："老杜所以为人称慕者，不独文章为工，其语默所主，君臣之外，非父子兄弟，即朋友黎庶也。尝观韦应物诗，及兄弟者十之二三，《广陵觐兄》云：'收情且为欢，累日不知饥。'《冬至寄诸弟》云：'已怀时节感，更抱别离酸。'《元日寄诸弟》云：'日月昧远期，念君何时歇。'《社日寄》云：'遥思里中会，心绪怅微微。'《寒食》云：'联骑定何时，吾今颜已老。'又云：'把酒看花想诸弟，杜陵寒食草青青。'《初秋寄》云：'高梧一叶下，空斋归思多。'《闻蝉寄诸弟》云：'缄书报是时，此心方耿耿。'《等郡楼寄诸季》云：'追兹闻雁夜，重忆别离秋。'《怀京师寄》云：'上怀犬马恋，下有骨肉情。'观此集者，虽谇阋[一]交愈，当亦变而怡怡也。"余素深于兄弟之情者，今已无兄弟矣，言念不胜泪流。读韦苏州诗，知其拳拳于手足间者，有厚于天性者也。因赋此以勖子侄辈为兄弟者："人生有散复有聚，兄弟一别无聚时。安得四海皆骨肉，与我筋力常相持？吁嗟我亦将老矣，手足之念何穷期！今观庭下棣华鄂，交辉一树连理枝。尚念同气笃天性，友恭一室真怡怡。上继祖父作堂构，下翼子孙为燕诒[二]。"

注：

[一] 阋（xì）：争吵，争斗。《诗经·小雅·常棣》："兄弟阋于墙，外御其务（'务'通'侮'。《国语》、《左传》引《诗》皆作'侮'）。"①

[二] 诒（yí）：同"贻"。

笺：

由杜子美、韦苏州诗中的兄弟情书写感慨"厚于天性"的拳拳手足之情，此为基于身世经历的肺腑之言，颇感人。然金门的兄弟情仍被限制在封建伦理家族的整体阴影下，从而实际上减损了兄弟情感的人性意义和价值，金门此所云兄弟情由也没有那么感人了，尽管很深地感动了自己。

（二十七）

黄沼溪又云："余尝赴京师，往辞伯父，坐中举兄弟《赠行》

---

① 程俊英：《诗经译注》，上海古籍出版社 2004 年版，第 252 页。

诗'问人求稳店，下马过危桥'。及观《东坡集》，见《送侄安节》诗，言其伯曾有送其父老苏下第归蜀云：'人稀野店休安枕，路入灵关稳跨驴。'急难之诚，意皆相合。余官辰沅[一]逾年，族弟来相视，将行，送之云：'就舍勿令人避席，渡江莫与马同船。'虽鄙近不工，亦可用于畏途也。"余谓三诗语皆切至，恻恻动人，直可为座右铭箴，非徒行旅格论也。因感作《持身涉世》排律一篇云："宽著性中地，严存心上天。平居惟就稳，高兴最防巅。花径休留憩，岩墙肯傍眠？路从迷处转，物向爱时捐。勉赴程千里，劳担任一肩。船头牢把舵，马上慎扬鞭。勿犯红尘险，应怜素履鲜。试从身世外，静里看鱼鸢[二]。"

注：

[一] 辰沅：今隶属湖南省。沅水，发源于贵州，流入湖南。

[二] 鸢（yuān）：老鹰。

笺：

此为金门以诗论"持身涉世"之方、之道。大约有如下一些：做人外宽内严（也可说是对别人宽容，对自己严格）；遇事稳重，防止乐极生悲；不做给己带来嫌疑的事情；看问题转换思路；时刻提醒自己"红尘之险"，要珍惜纯洁的人格。可见，以议论为诗，这是金门为诗之大忌。

（二十八）

《苕溪诗话》又云："举人过失难于当，其尤者，臧孙之犯门斩关，惟孟椒能数之，臧孙谓国有人焉，必椒也，其难如此。[一]司马相如窃妻涤器开巴蜀以困苦乡邦，其过已多，至为《封禅书》则诏谀，盖其天性，不复自新矣。[二]子美犹云：'竟无宣室召，惟有茂陵求。'[三]太白亦云：'果得相如草，仍余封禅文。'[四]和靖独不然，曰：'茂陵他日求遗稿，犹喜曾无《封禅书》'。[五]

言虽不追，责之深矣。李商隐云：'相如解草《长门赋》，却用文君取酒金。'亦舍其大，论其细也。举其大者，自西湖始，其后有讥其谄谀之态，死而未已。正如捕寇逐盗，已为有力者所获，扼其吭而骑其项矣，余人从旁助拴缚耳。"余谓举人过失，贵举其尤，乃谓有关世道者。如召陵之役，管仲不责楚之僭王，乃责其包茅不入，非舍其大论其细者乎？父子论晋文曰"谲"，论乡愿曰"贼"，春秋笔削，斧钺加诛，为其关万世之风俗人心矣。孟子卫道，斥杨、墨之说曰"邪"而务息之。韩子《原道》，辟佛老之教曰"怪"而力排之。俱担当世道，与除洪水猛兽之害等。《封禅书》逢君恶，所失不小，故苕溪云然。然只宜谓举人罪案，不当谓举人过失，如人过不在此论者，则扬其小者且不可，况摘其大者乎！马伏波《诫兄子书》："吾欲汝曹闻人过如闻父母之名，耳可得而闻，口不可得而言也。"程子曰："君子论人，当于有过中求无过，不当于无过中求有过。"至哉言矣！故千古之罪，有不容诛者，当案而断之。一时之过，有不可扬者，当容而隐之。诗以言之曰："春秋笔法挟斧钺，一字之间扶世大。圣人不为已甚者，于人曷曾毁一个？学者学存敦厚心，吾口忍污人而涴[六]？十分可用自治功，半句不可言人过。伏波书及程子语，愿诵万遍铭之座。"

注：

［一］"举人"句：《左传·襄公二十三年》［经］："冬十月乙亥，臧孙纥出奔邾。"［传］："季孙曰：'臧孙之罪，皆不及此。'孟椒曰：'盍以其犯门斩关？'季孙用之。乃盟臧氏曰：'无或如臧孙纥，干国之纪，犯门斩关。'臧孙纥闻之，曰：'国有人焉！谁居？其孟椒乎！'"①

---

① 李梦生：《左传译注》，上海古籍出版社2004年版，第775、781页。

[二]"司马相如"句：出自魏庆之《诗人玉屑》："司马相如窃妻涤器，开巴蜀以困苦乡邦，其过已多。"

[三]"竟无"句：出自杜甫《过故斛斯校书庄二首》。"惟"应作"徒"，金门误记。

[四]"果得"句：出自李白《宣称哭蒋徵君华》。"果"应作"安"，金门误记。

[五]"茂陵"句：出自林逋《自作寿堂因书一绝以志之》。

[六]涴（wò）：方言，动词，弄脏，如油、泥粘在衣服或器物上。

笺：

金门先从《左传》孟椒评臧孙纥事入手，表明举人事关重大，牵系世道风俗人心，品评之人要"担当世道"，切忌无中生有，好中挑恶。最后，引马援、程颐之言，明品评人物应抱持之基本原则，即品人者要存"敦厚"之心，否则或许会毁掉一个好人。此亦倡扬诗歌的伦理功能。

（二十九）

韦苏州《赠李儋》[一]云："身多疾病思田里，邑有流亡愧俸钱。"《郡中宴集》[二]云："自惭居处崇，未睹在民康。"识者谓有官君子，当切切作此语，信矣。余以舌耕糊口，兼得一家之人终岁勤动，数年来差少负债之苦，虽犹未尽清偿，亦庶几有一饱之乐。惟习见乡邻多贫人，每欲推解，无力为之，奈何？读韦诗咏怀云："三冬初过喜逢春，暖气微微觉我身。作鲋已沾升斗水，为霖欲活万千人。纵无经济存天下，何忍饥寒迫里邻。默念东风嘘拂遍，家家生意十分匀。"又，"舌耕居处固何崇，况得举家勤动功。日日培将心粪厚，年年仗得砚田丰。解推无力怜吾邑，温饱何情独我躬？若得一官余五斗，捐分那惜俸钱空。"

注：

[一] 韦苏州：韦应物（737—792），唐代诗人。唐德宗时，出为苏州刺史，世称韦苏州。《赠李儋》亦为《寄李儋元锡》。

[二]《郡中宴集》：喻守真编注《唐诗三百首详析》为《郡斋雨中与诸文士燕集》。后引诗"未睹在民康"为"未瞻斯民康"。

笺：

《诗经·魏风·伐檀》："彼君子兮，不素餐兮"；《汉书·朱云传》："今朝廷大臣，上不能匡主，下亡以益民，皆尸位素餐。"白居易有诗"月惭谏纸二百张，岁愧俸钱三十万"（《醉后走笔酬刘五主簿长句之赠兼简张大贾二十四先辈昆季》）浸淫程朱理学的金门自然也有文人传统的这份体贴劳动人民的情愫，只是文人们的这份情愫仅仅停留于无力的同情，而不能在实践上迈出半步。这也就是文人与民众之间的天然隔膜吧！

（三十）

司马温公[一]《题赵舍人庵》云："清茶淡饭难逢友，浊酒狂歌易得朋。"浊酒狂歌之朋，非真朋也，真朋须于清谈中求之。故求友者于人须慎择，在己宜信宜敬。择慎于始，信结于中，敬持于终，斯得益，而友道尽矣。若夫平居里巷相慕悦，饮食游戏相征逐，此中安得佳士哉。因发明温公意曰："五伦有朋友，人世不寂寞。但于声气中，益损[二]宜斟酌。或求心性真，或求学识博。可与事功同，可以身家托。要在流俗外，遇之于淡泊。观其轻势利，观其重然诺。知其中不欺，不忘久要约。慎择既得之，先施不可薄。情礼俱真挚，文饰可脱略。功过相切劘[三]，共得苦言药。屈志老成人，因依总不恶。将恐将惧时，亦如安与乐。始之以忠信，久之以共恪。缔交直到头，到头直如昨。结契有如此，云霞方落落。饮食游戏间，肝胆向谁著？"

注：

[一] 司马温公：司马光（1019—1086），北宋著名政治家、史学家，主持编纂《资治通鉴》。

[二] 益损：《论语·季氏》曰："益者三友，损者三友。友直，友谅，友多闻，益矣。友便辟，友善柔，友便佞，损矣。"杨伯峻《论语译注》译为：有益的朋友三种，有害的朋友三种。同正直的人交友，同信实的人交友，同见闻广博的人交友，便有益了。同谄媚奉承的人交友，同当面恭维背面毁谤的人交友，同夸夸其谈的人交友，便有害了。

[三] 劘（mó）：削；切。

笺：

此则由司马温公一联诗感叹择友之道，即择友须谨慎，真正的朋友不是因利而结交，而是志同道合、相互帮助、相敬相信。儒家自孔子开始就特别注重怎样交友，将之视为儒家仁义的体现。不啻儒家，道家等也十分重视朋友相交的道义和精神，《庄子·山木》云："且君子之交淡若水，小人之交甘若醴；君子淡以亲，小人甘以绝。彼无故以合者，则无故以离。"① 由此可见，古今思想家都很关注交友之道，对其进行了深刻的探讨，提出了许多比较一致的看法。然而，以诗歌的形式抽象地申说交友之道似乎并不可取，人们其实对文学史上那些并非说教类型的赠别诗、相思诗等倒是十分热爱。所以，金门以诗阐说政教伦理的方式其实并不太受人们的欢迎，也从另一个侧面告诉我们一个道理：文学是用形象来说话的。

（三十一）

张文潜[一]诗云："儿童鞭笞学官府，翁怜儿痴旁笑侮。平明坐衙鞭复呵，贤于群儿能几何？儿曹鞭笞以为戏，翁怒鞭人血流地。一种戏剧谁后先，我笑谓翁儿更贤。"戏言足以风世。余于此亦有风[二]诗云："公今即为儿父母，奈何日日喜鞭扑？人人脱

---

① （清）郭庆藩辑，王孝鱼整理：《庄子集释》，中华书局1961年版，第685页。

裤露肢体，轻笞伤皮重伤肉。小民所争亦小事，忍使讼庭彻号哭？身体惨痛发肤伤，此辈谁非父母育。古人示辱只蒲鞭，德化人心是民牧。得情勿喜更勿怒，愿造苍生万人福。"

注：

[一] 张文潜：张耒（1054—1114），字文潜，号柯山，亳州谯县（今安徽亳州市）人。北宋文学家，"苏门四学士"之一。

[二] 风：同"讽"，讽谏。《诗经》开创了我国古代的"讽谏"文学传统。

笺：

此则亦以诗劝导人心也！金门认为，父母鞭笞教导子女本属正常，但切忌学习官府的暴虐行为。然而，金门之意并不在讽刺批判官府滥施刑罚，而是认为这种行为不仅伤害子女身心，而且有伤风化。"古人示辱只蒲鞭，德化人心是民牧"，这是站在统治者立场上的御民之术而已。

（三十二）

石曼卿[一]《赠针[二]师》云："卧龙有病君医取，心为生灵不为身。"王逢原[三]云："丈夫出处诚何较，心痛苍生为泪垂。"贤者设心如此，皆未得行其志。余亦有《赠医者》诗云："今日之人不如古，今人之病半须补。以彼元气不充腑，仓廪难供馁腹肚。脉俱缓细见各部，用药先宜戒寒苦。参耆[四]之剂可常主，慎勿轻施汗下吐。闾阎省识多穷户，有疾医之戒勿取，我亦能医愿未普。"

注：

[一] 石曼卿：石延年（994—1041），字曼卿，一字安仁，号芙蓉仙人。北宋诗人、书法家。

[二] 针：有的作"鍼"，"针"的繁体。

[三] 王逢原：王令（1032—1059），字逢原，初字钟美。北宋诗人。

[四] 参耆（shēn qí）：参指人参、党参，耆指黄耆（芪）。我国古代中药药方有参耆汤，主治脾胃虚弱、元气不足等病症。

笺：

此金门以医喻政也！"以彼元气不充腑，仓廪难供馁腹肚"颇有现实针对性，似于当时官员之奢靡无能有所讥刺。这在金门诗中较为少见。

（三十三）

范文正公[一]《淮上遇风》云："一棹危于叶，旁观欲损神。他年在平地，无忽险中人。"公自少立志，便要做第一等人，秀才时已以天下为己任。于此仓促[二]中，亦无非康济斯人之念。四句诗质厚微婉，咀嚼不尽，余尝味之有年矣。推其意，步"人"字韵，得若干首。"谁是旁观立，曾经出险身？回头思曩[三]日，举手急援人。"（一）"有心同济物，无力独行仁。但倡乐施事，一钱堪救人。"（二）"唤醒迷途客，临歧指点频。俾来遵大路，一指亦扶人。"（三）"报到桥曾断，前途莫问津。聊为支一木，一步亦携人。"（四）"两家相击斗，祸结如齐秦。果使围能解，一言堪济人。"（五）"当世有佳士，泥涂遭遇迍。揄扬为荐拔，一字可提人。"（六）"且挹升斗水，来苏涸辙鳞。[四]王孙纵无报，一饭亦矜人。"（七）"安得裘千里，蒸为天下春。惟怜寒乞者，一衣能活人。"（八）"爱欲周民物，先无废懿亲。如怜贫族属，一产足分人。"（九）"胞与同原广，相瞩[五]切里邻。谁家炊不断，一䭉[六]足均人。"（十）"随分儒生事，无劳问屈伸。若符霖雨志，应泽万千人。"

注：

[一] 范文正公：范仲淹（989—1052），字希文，吴县（今江苏苏州）人。北宋政治家、文学家，有《范文正公文集》。

[二] 促：《辑要》作"卒"，正是。

[三] 曩（nǎng）：以往；从前；过去的。

[四] "且挹"句：《庄子·外物》："庄周家贫，故往贷粟于监河侯。监河侯曰：'诺。我将得邑金，将贷子三百金，可乎？'庄周忿然作色曰：'周昨来，有中道而呼者。周顾视车辙中，有鲋鱼焉。周问之曰：鲋鱼来！子何为者邪？对曰：我，东海之波臣也。君岂有斗升之水而活我哉？周曰：诺。我且南游吴越之王，激西江之水而迎子，可乎？鲋鱼忿然作色曰：吾失我常与，我无所处。吾得斗升止水然活耳，君乃言此，曾不如早索我于枯鱼之肆！'"①

[五] 赒（zhōu）：赒济，赒，同"周"。

[六] 鬴（fǔ）：同"釜"，古代的炊具，相当于现在的锅。

笺：

"诗言志"，此则正申此义。然作者无意，读者不可无意，作者有意，作者则可拓展其意。诗人创作出作品，作品仍然等待当代或后世读者阐发。这里存在的问题是，由范仲淹后世之功业倒推年轻时的诗歌寄托，是否切当？或许这只是诗人当时的一时兴起也未可知。若果举手投足间都要不忘他人，这种"第一等人"其实也就压抑掩盖了真实鲜活的个体，这大概是封建社会读书人所受到的普遍的约束吧！当然，每个时代也会出现在思想上极求解放的士人，如先秦诸子、魏晋名士、李白、苏轼、李贽……

（三十四）

白乐天云："实事渐消虚事在，银鱼金带绕腰光。"又，"簪缨假合虚名在，筋力消磨实事空。"功名富贵，事事皆虚，惟有筋力为实事。老时所觉，诚如此言。然即筋力尚健，亦岂徒银鱼

---

① （清）郭庆藩辑，王孝鱼整理：《庄子集释》，中华书局1961年版，第924页。

金带、优游岁月已乎。人生自有实事,一息尚存,无日非孜孜之候,勿徒叹老而已。爰[一]为励志诗曰:"老去思维叹不禁,自摩筋力自长吟。蹉跎[二]岁月频回首,悠忽生平未称心。但悔从前无片善,须知此后有分阴。人生枉被虚名误,实事端从何处寻?"老当益壮,少年当作何如用功?

注:

[一] 爰:连词,于是。如:爰书其事以告。
[二] 蹉跎:光阴白白地过去。

笺:

此则感叹人生!抒发将人生的大半时光和精力投入对功名富贵的追求之中,待筋力即将消磨殆尽之时,方后悔不已。然而,金门所指"实事"到底指的什么,并未明言。揣测来看,可能是指健康的身体、善良的性格、纯粹的理想等,诚如《诗经·秦风·蒹葭》所唱:"所谓伊人,在水一方",徒留一份无尽的感伤。

(三十五)

《诗·小雅·大田》[一]之诗云:"彼有遗秉,此有滞穗,伊寡妇之利。"田家丰乐,民俗敦庞,盛世光景,如见少陵诗"筑场怜蚁穴,拾穗许村童"。[二]仁民爱物之言,可风可诵。余尝作《田园杂兴》诗百首,亦言及之而犹略,因作《儿童拾穗歌》曰:"秋陇一望黄云平,千村到处欢声同。雁响寒空正晴日,黄云一获盈郊中。几日登场看露积,果如此栉如崇墉。亦有余粮尚栖亩,喜来拾穗多儿童。不论此疆与彼界,三三两两各西东。彼获遗秉此滞穗,夕照满篮归不空。吁嗟此辈悉人子,何为独使其家穷?安得余夫廿五亩,十六以上尽归农。老有养兮少有长,鳏寡孤独皆有终。[三]年年大有家家乐,普天一庆公私丰。"

注：

[一]《诗·小雅·大田》：是周王祭祀田祖以祈祷丰收的诗歌，它与《楚茨》《信南山》《甫田》等诗同是反映西周农业生产关系和生产力的诗。所引为《大田》第三章，整章为："有渰（yǎn，阴云密布）萋萋，兴雨祁祁。雨我公田，遂及我私。彼有不获稚，此有不敛穧（jì，禾把）；彼有遗秉，此有滞穗，伊寡妇之利。"①

[二]"筑场"句：出自杜甫《暂住白帝复还东屯》。

[三]"老有"句：《礼记·礼运》："大道之行也，天下为公，选贤与能，讲信修睦。故人不独亲其亲，不独子其子，使老有所终，壮有所用，幼有所长，矜寡孤独废疾者，皆有所养；男有分，女有归；货恶其弃于地也，不必藏于己；力恶其不出于身也，不必为己。是故谋闭而不兴，盗窃乱贼而不作，故户外而不闭，是谓大同。"②

笺：

以小见大之笔法也。丰收之年，收获之后，允许儿童们到田间拾取遗穗。看似微不足道，实则体现农村淳朴的民风，同时也与圣贤倡导的"仁民爱物"之旨潜会暗通。金门因而有诗《儿童拾穗歌》，"喜来拾穗多儿童""老有养兮少有长"，体现诗人仁民爱物的大爱之心。这是圣贤描绘的"大同"世界，也是所有仁人志士为之奋斗的理想。

（三十六）

白乐天《登第后归觐留别同年》诗："擢第未为贵，拜亲方始荣"，得志悦亲，最是人生得意事。若其同年中有已失怙恃[一]者，对此当为泣下。勋年五十以前，侍具庆下，常有毛义捧檄之思[二]，今则已矣。惜我先人未酬之志终属望于我身者，未之能慰耳。诗以言志曰："擢第非所冀，捧檄非敢期。怅望白云处，思

---

① 程俊英：《诗经译注》，上海古籍出版社2004年版，第367页。
② 杨天宇：《礼记译注》，上海古籍出版社2004年版，第265页。

以慰亲思。郡中未纺织，美利开何时？党中有庠塾，兴教将何资？亲心一一存，苦恨终无赀。谆复勖后人，念释尚在兹。吾今亦将老，百年从可知。天命竟何如，此竟当属谁？当代有名世，吾身幸见之。"

注：

［一］怙恃：《诗经·小雅·蓼莪》是一首苦于服役，悼念父母的诗，其云："无父何怙，无母何恃！出则衔恤，入则靡至！"①后指父亲去世为失怙，母亲去世为失恃。蓼莪（lù é），莪蒿，多年生草本植物，叶子像针，花黄绿色，生在水边。

［二］毛义捧檄之思：见《后汉书·毛义传》。意思是，做官是为了供养母亲，而不是为了名利。

笺：

此则感叹人世沧桑，当自己金榜题名时，父母已然不在，徒增叹息而已。"怅望白云处，思以慰亲思"，这是何等令人悲伤的人生感叹啊！正所谓"民莫不谷，我独不卒"，意思是："人人都能养爹娘，独我不能去奔丧！"（《诗经·蓼莪》）。②

（三十七）

王介甫诗："久谙郭璞[一]言多验，老比颜含意更疏。"乃郭景纯欲为颜含筮，含曰："年在天，位在人。修己而天不与，命也。守道不回，性也。人自有性命，无劳蓍龟。"[二]颜公此言，纯是圣贤心事，非真有得于道而超卓于识者，不能如此。介甫徒以"意疏"为言，疏更甚矣。诗以阐其意曰："命为天之理，念释当在兹。命为天之数，人则何敢知。修己天不与，命也谁能移？惟

---

① 程俊英：《诗经译注》，上海古籍出版社2004年版，第341页。
② 程俊英：《诗经译注》，上海古籍出版社2004年版，第342页。

有顺受正,居易以俟之。智不与命斗,勇岂与天违?存心敬事天,树德须务滋。惠迪尽性道,天命总无私。不必问君平[三],无复老龟蓍。"

注:

[一] 郭璞(276—324),字景纯,河东闻喜(今山西闻喜县)人。西晋末东晋初的著名学者、诗人。博学有高才,词赋为中兴之冠,好古文奇字,妙于阴阳历算,注释《尔雅》《山海经》《楚辞》等书。《游仙诗》十四首(共传诗二十二首)是其诗歌代表作,开后世以"游仙"为题目及题材的先河。因反对王敦谋反被杀。

[二] "年在天"句:出自《晋书·孝友传·颜含传》载:"郭璞常遇含,欲为之筮。含曰:'年在天,位在人,修己而天不与者,命也;守道而人不知者,性也。自有性命,无劳蓍龟。'"①

[三] 严君平(公元前86—公元10年):原名庄君平,蜀郡成都人。班固《汉书》为避汉明帝刘庄讳,改为严君平。西汉末著名的思想家、道学家,善卜筮、老庄。

笺:

此则说理。得圣贤之道者无须占卜,即使郭璞善卜亦如是,企望神仙更不可取。那怎样才算得道呢?照金门之意,要做到"修己""顺受""居易""敬天""树德""尽性"等修养功夫。这还是程朱理学的"天理"思想。《礼记·中庸》云:"天命之谓性,率性之谓道,修道之谓教。……唯天下之至诚,为能尽其性;能尽其性,则能尽人之性;能尽人之性,则能尽物之性;能尽物之性,则可以赞天地之化育;可以赞天地之化育,则可以与天地参矣。"②

(三十八)

《榕城诗话》[一]载闽中郑荔乡方坤《咏暖锅》(火锅也)诗三

---

① (唐)房玄龄等:《晋书》,中华书局1974年版,第3287页。
② 杨天宇:《礼记译注》,上海古籍出版社2004年版,第691、705页。

十六韵，颇得奇警。今录其结七联云："是物固驱寒，内热[二]亦宜省。动摇及齿牙，烊[三]灼延颈领。或作马卿痟[四]，或嘲杜预瘿[五]。譬彼嗜酒人，腐肠终不醒。寄语属厨娘，此后当亟屏。和以冷淘槐，啜以甘泉茗。物候一转移，习习清凉境。"余尝作《席上铭》云："已饥方食，未饱先休。酴[六]酒厚味，慎勿轻投。受之以节，节而不流。淡泊甘苦，旨趣常留。"凡饮食固当以淡泊为佳，以节为贵也。今感荔乡《暖锅》诗，又于饮食外推开一义，但属众人所趋者，皆为热闹之场，必以冷淡视之，乃能得习习清凉境矣。因作五古《十我铭》曰："暖锅本取暖，亦须防其热。凡百热闹场，俱作如是说。众人趋美味，我固警饕餮[七]。众人趋美色，我独严窥窃。众人趋美利，我必励廉洁。众人趋游戏，我独守轨辙。众人趋权势，我自持风节。众人趋智巧，我可安朴拙。众人尚意气，我勿争雄杰。众人尚才辩，我休逞口舌。众人事残忍，我慎无操切。众人尽贪迷，我尚思明哲。理趣无可亏，世味无妨缺。但属性分外，于物鲜所悦。嗜欲熏人心，淡之如冰雪。"

注：

[一]《榕城诗话》：清杭世骏（1696—1773）撰。杭世骏，字大宗，号堇浦，浙江仁和（今杭州市）人。论诗以王士禛"神韵"为宗。

[二] 内热：出自《庄子·人间世》云："今吾（叶公子高）朝受命而夕饮冰，我其内热与！"西晋郭象"注"曰："所馔俭薄而内热饮冰者，诚忧事之难，非美食之为也。"唐成玄英"疏"曰："诸梁晨朝受诏，暮夕饮冰，足明怖惧忧愁，内心燋灼。询道情切，达照此怀也。"清代郭庆藩"释文"曰："《内热与》音余。下慎与同。向（秀）云：食美者必内热。"①

[三] 烊（chǎn）：燃烧；炽烈。

---

① （清）郭庆藩辑，王孝鱼整理：《庄子集释》，中华书局1961年版，第153页。

[四] 痟（xiāo）：消渴疾，今之糖尿病。

[五] 杜预（222—285），字元凯，京兆杜陵（今陕西西安）人。西晋著名的政治家、军事家和学者，西晋灭吴的统帅之一，著有《春秋左传集解》《春秋释例》。瘿（yīng），中医指生长在脖子上的一种囊状的瘤子，主要指甲状腺肿大等病症。

[六] 酞（nóng）：酒味厚。

[七] 饕餮（tāo tiè）：传说中的一种凶恶贪食的野兽，古代鼎、彝等铜器上面常用它的头部形状做装饰，叫作饕餮纹。这里比喻贪吃的人。

笺：

此则以诗说理也！认为福建诗人郑方坤的《咏暖锅》"奇警"，以火锅喻世，身体的嗜好会破坏内心的"清凉境"。金门有感于此，作《席上铭》，既申述饮食当以淡泊、节制为主，进而"推开一义"，人生亦当坚守平淡，"众人所趋者，皆为热闹之场，必以冷淡视之，乃能得习习清凉境矣"。《十我铭》以诗总结人生十种道理，即忌美味、严美色、励廉洁、守轨辙、持风节、安朴拙、勿争雄、避口舌、慎操切、思明哲。总之，就是遵循"性分""淡"的思想，以此指导人生，就能让人生充满"理趣"。金门崇仰程朱理学之迹于此甚明。似此以诗论人生之理不是不好，只是理迹太显，从而大大降低了读者的阅读兴趣，从而减损了诗歌的艺术感染力。就中国文学史来看，诗歌进入宋明（尤其是明代）以后，以诗说理的风气的确很盛，其间虽偶有名作，但绝大多数诗歌"理过其辞，淡乎寡味"，是我国古代诗歌发展史上的倒退时期。

（三十九）

《榕城诗话》载闽中查侍读嗣瑮《过建滩》诗八首，俱极古雅。前七首曲尽船行之险，第八首独垂警云："下水例买米，上水例买盐。买米利无几，买盐赢倍添。利多非汝福，官府禁最严。贪心溺不戢，终恐罹髡[一]钳。往来各有欲，轻取已不廉。择利莫若轻，米贱汝勿嫌。"嘉哉言矣！"择利莫若轻"五个字，其重利者之五更钟乎？"米贱汝勿嫌"，布帛菽粟之言。人惟为所当为，行所当行，分内事皆坦途也，又何有利有不利哉？衍而为之辞曰："利者义之和，大利莫如义。但为所宜为，人物意俱遂。"（一）"儋[二]石亦有数，分外何能溢？欲利未必利，徒自坏心术。"（二）"一介无私心，一家有骨肉。次及朋友间，便宜占无独。"（三）"如贾算三倍，锱铢[三]取不余。君子重廉让，奇货安可居！"（四）"二月卖何丝，五月粜[四]何谷？劝彼放债人，厚利无多黩[五]。"（五）"人屋为我住，人田为我耕。劝此置产人，议价无太轻。"（六）"贸易论物值，谁则甘呆痴。若与肩挑人，无妨我吃亏。"（七）"国家有例禁，明法固须慎。暗中人不知，天理无容欺。"（八）

注：

［一］髡（kūn）：古代剃去男子头发的刑罚。

［二］儋（dàn）：同"担"，重量单位，一百斤等于一担。

［三］锱铢：指很少的钱或很小的事。

［四］粜（tiào）：卖出（粮食），与籴［dí，买进（粮食）］相对。

［五］黩（dú）：轻率；轻举妄动。黩武，滥用武力。

笺：

此则先赞赏福建诗人查嗣瑮诗歌的轻利思想，特别提出"择利莫若轻"五字，认为这是对社会上那些重利者的警戒。接着引出人生"为所当为，行所当行"的"分内"之职，进而引出诸多人生道理，如义大于利、利坏心术、戒占人便宜、廉让、戒厚利、守护物产、吃亏、敬天理。此则看来是对那些从事水运的商人的劝诫之辞。将儒家的义置于利之上，让商人们警惕厚利会给他人和社会带来的灾难，最终损害了"天理"。虽为说教，但其实也充满语重心长的长者关爱和仁慈之心。这对于封建社会的读书人来说，是非常难得的。

（四十）

闽中谢编修道承，字又绍，释褐[一]后谒文庙赋诗云："六经原不为科名，爵判天人在此行。今日瓣香分献后，驱车归去自分明。"士人一行作吏，顿易初心，只为此关打不过耳。此人所言，斩截见道，分明必不弃天爵，必能慎官箴者也。次韵和之曰："读书原不为科名，行义将持何道行。幸得斯之能信定，不须临仕始分明。"

注：

［一］释褐：指脱去平民的衣服，开始担任官职。也指进士及第后授予官职。

笺：

此则恰表明，大部分读书人考中功名"一行作吏"后即"顿易初心"的真实情形。敬畏"天爵"，"慎官箴"，其实就是不能为官后只为一己私利，而是要将百姓的冷暖放在心间。"初心"是神圣的，是充满美好的理想的，其往往在后来的环境中发生变易，甚至可能与"初心"背道而驰。而这就是官场，这就是仕途。但是，我们读书人一定要有一种大格局，那就是"读书原不为科名"。金门此意是颇能给读书人以激励的。

（四十一）

《豳》[一]诗："九月筑场圃，十月纳禾稼。"豳地寒，获稻差晚，又露积田间，纳亦需有时日。若寒热中和之乡，获稻早晚，多以霜降为期。获后三五晴日即纳禾，纳后晴日，次第家家打稻声矣。筑场纳稼，俱宜晴日，尝赋《田家秋晴打稻景》曰："寒入西风甫二分，秋空晴色爱斜曛。青林一半多黄叶，碧落些须有白云。日暖午鸡邻舍响，霜清晨雁远天闻。田间笑语声欢乐，打稻家家妇子勤。"

注：

［一］豳：亦作"邠"。豳地在今陕西旬邑、彬县一带，它原来是周的祖先

公刘开发的。周民族十分重视农业，故《豳风》七篇多带有务农的色彩，如《七月》《东山》等。《汉书·地理志》说："豳诗言农桑衣食之本甚备。"

笺：

金门《田家秋晴打稻景》，好诗也！可敌杨万里《四时田园杂兴》"一夜椎枷响到明"。以诗观照农村生产和农民生活，这是我国古代诗歌自《诗经》就确立的优良传统。"打稻声"足可见出秋收时节农村的劳碌和艰辛，当然衬托出经科考脱离了体力劳动的士人的迷惘和留恋。金门诗歌题目取得甚好，诗歌一派田园自然风光和美好生活场景，俨然"诚斋体"诗风之再现。

（四十二）

《召溪诗话》："牧之[一]《赠阿宜》诗'一日读一纸，一月读十箱。'古人读书以纸计。范云[二]就袁叔明读《毛诗》，日诵九纸。又，袁峻[三]家贫无书，每从人假借，必皆抄写，自课日五十纸。"余按，一纸，一篇也。日诵十篇，十日百篇，百日千篇，一年三千六百篇，十年不且得数万篇乎！读书只要立志，功夫不间断，破万卷书不难耳。为之诗曰："袁峻果勤学，借来书自抄。日计五十纸，自课安辞劳？阿宜一月读，十箱能记牢。月计原有余，但勿功夫抛。学人贵立志，志定成英豪。譬陟千仞山，有志摩其高。一步进一步，循途无序淆。会当凌绝顶，天地览周遭。"

注：

[一]牧之：唐代诗人杜牧（803—852），字牧之，京兆万年（今陕西西安）人，宰相杜佑之孙，号樊川居士，世称杜樊川。大和二年（828）进士，为弘文馆校书郎。擅长七律、七绝，后世称其为"小杜"。

[二]范云：南朝梁著名文学家，是依附竟陵王萧子良而形成的"竟陵八友"之一。袁叔明是其姑父。其事载于《南史》。

[三]袁峻：南朝梁代人，字孝高，陈郡阳夏人。早孤，笃志好学。

笺：

由古代勤学的三个故事引出一番感叹，坚定自己勤学成才的决心。"学人贵立志，志定成英豪"，这可作为后世出身贫寒的读书人的座右铭也！

（四十三）

《瞿存斋诗话》云："昌黎《示儿》诗云：'始我来京师，只携一束书。辛勤三十年，以有此屋庐。此屋岂为华，于我自有余。中堂高且新，四时登牢蔬。前荣馔宾亲，冠婚之所于。庭内无所有，高树八九株。西偏屋不多，槐榆翳[一]空虚。松果连南亭，外有瓜芋区。主妇治北堂，膳服适戚疏。恩封高平君，子孙从朝裾。开门问谁来，无非卿大夫。不知官高卑，玉带悬金鱼。问客之所为，峨冠讲唐虞。酒食罢无为，棋槊以相娱。跄跄媚学子，墙屏日有徒。嗟我不修饰，比肩于朝儒。诗以示儿曹，其无迷厥初。'朱文公云：'韩公之学，见于《原道》。其所以自任者，不为不重。而其生平用力深处，终不离文字言语之工。其好乐之私，日用之间，不过饮博过从之乐。所与游者，不过一时之文士，未能卓然有以自拔于流俗者。观此诗所夸，乃《感二鸟赋》"读书"之成效极至，而《上宰相书》所谓"行道忧世"者，则已不复言矣。其本心何如哉？'按朱子所以责备者如是，乃向上第一等议论。俯而就之，使为弟子者读此，亦能感发志意，知所羡慕趋向而有以成立，不陷于卑污苟贱而玷辱其门户矣。韩公之子昶，登长庆四年第。昶生琯、衮，琯咸通四年，衮七年进士。其所成立如是，亦可谓有成效矣。诗可以兴[二]，此诗有焉。"余谓朱子所言，固向上第一等议论，存斋所言，亦俯就感发子弟之意。韩公虽官至侍郎，其初携束书来京，历三十年辛勤方有此日，中间艰难空乏已经屡屡，此意亦不能不令子孙知之。诗所言，本道家常话，俾后人所省惕，知所羡慕，以无忘稽古之力，亦皆人情所有。惟夸张处似有落时趋者，娱乐处似未免俗气者。此等处未能检点，诚由于道德心性未底纯粹之故。今且不论学问之纯疵，而论创垂之不易。为子孙者，其尚知稼穑艰难而自勉于为善，以保其祖宗缔造之基，庶不至玷辱门户，而堂构可期矣。爰[三]以《无逸》"知依"之意[四]，诗示子侄及孙辈曰："父母生我最爱我，使我读书期我贤。曩时家业正贫素，已有风雨庐数椽。今日添修可容膝，兼得数亩瘠壤田。生意稍苏未几岁，不幸抱憾此终天。忆昔我从授室后，舌耕糊口三十年。中间京洛往复数，捧檄想争毛义先。文章有命空手回，生涯依旧理青毡。婚嫁半毕半未毕，家人作苦还可怜。我以笔力代耕耨[五]，老至仍与书为缘。读书未必非我福，但欠德业能光前。小心勤事不敢怠，惧忝所生心自悬。尔曹吃饭闲读书，尚念积善世相传。"

注：

[一] 翳（yì）：遮蔽。组词如：荫翳、翳蔽。

[二] 诗可以兴：出自《论语·阳货》云："子曰：'小子何莫学夫诗？诗，可以兴，可以观，可以群，可以怨。迩之事父，远之事君；多识于鸟兽草木之名。'"杨伯峻译为：学生们为什么没有人研究诗？读诗，可以培养联想力，可以提高观察力，可以锻炼合群性，可以学得讽刺方法。近呢，可以运用其中的道理来侍（杨先生作"事"）奉父母；远呢，可以用来服侍（杨先生作"事"）君上；而且可以多多认识鸟兽草木的名称。

[三] 爰（yuán）：于是。

[四] "以《无逸》"句：出自《尚书·无逸（或作毋逸、无佚）》周公曰："呜呼！君子所，其无逸。先知稼穑之艰难，乃逸，则知小人之依。相小人，厥父母勤劳稼穑，厥子乃不知稼穑之艰难，乃逸。乃谚既诞，否则侮厥父母曰：'昔之人无闻知。'""依"通"隐"，痛苦、苦衷的意思。"知依"即知道农民稼穑之艰辛。

[五] 耨（nòu）：锄草。

笺：

此则由朱文公、瞿存斋对韩愈《示儿》诗的不同看法推演出一番"感发子弟"之论。朱文公认为《示儿》只讲"读书"成效，而没有"行道忧世"之思想，境界未免太低。瞿存斋则认为，《示儿》能够感发弟子志意，遵循了"诗可以兴"的传统，子弟因而屡中进士。金门认为，《示儿》是"家常话"，是人之常情，而夸张、娱乐未能节制实由"道德心性"未能纯粹。后世子孙理应"知稼穑之艰难而勉于为善"，才能光宗耀祖。金门因此作诗勉励子弟勤奋读书，但又不能局限于读书，而要通过读书培养善良的性格，并且不废耕种，尤其不能看不起农民。结合前面几则来看，金门对读书的思考还是较为可取的。假如遵其所言，确能造就心地善良且有担当不忘初心的读书人。但其实从侧面反映出金门生活时代社会上弥漫一种不良的读书之风。金门作此诗，想必也是有所寄托的。

（四十四）

《存斋诗话》载高九万[一]《送方秋崖[二]以谏去国》诗曰："忠言历历未曾行，尽载图书出帝京。余子但知才可忌，先生当以去为荣。门阑竹石关心久，部曲溪山照眼明。长啸归与莫惆怅，浙江风定自潮平。"余赏其激昂奇崛，更喜余子忌才、风定潮平之意，不啻搔着痒处，为之击节不已。适作《且遁先生传》，欲以诗咏之，拟即用其韵，而难于"京"字不能强押。因想及何叔京（朱熹弟子）"战国之时，圣贤道否，奸巧之徒得志横行，气焰可畏"之语，遂拈笔咏之曰："先生且遁将安行？战国言怀何叔京。自顾无才犹见忌，不闻多谤便为荣。曹[三]腾几度乘春醉，昧爽何时到日明？归去乡关仍似昔，一湖风定已波平。"（先生处有百里湖云）《存斋》又载："张光弼，庐陵人，元至正间为浙省员外。张氏专据（谓张士诚据吴也），弃官不仕，以诗酒自娱，号一笑居士。有诗云：'一阵东风一阵寒，芭蕉长过石栏杆。只消几度瞢腾醉，看得春光到牡丹。'盖言时事也。""瞢腾"句用此。

注：

[一] 高九万：高翥（1170—1241），初名公弼，后改名翥，字九万，号菊礀（古同"涧"），余姚（今浙江）人。游荡江湖，布衣终身。有《信天巢遗稿》传世。《秋日》："庭草衔秋自短长，悲蛩传响答寒螀。豆花似解通邻好，引蔓殷勤远过墙。"

[二] 方秋崖：方岳（1199—1262），字巨山，号秋崖，祁门（今属安徽）人。因触犯权臣贾似道而仕途坎坷。著有《秋崖集》。

[三] 瞢（méng）：目不明。"瞢腾"大约是醉酒目光迷离蒙眬之意。

笺：

方岳遭奸佞排挤出京，高翥以诗替其鸣不平。金门也爱其诗之"激昂奇崛"，更喜其鞭挞奸佞、表彰忠义之情。金门作《且遁先生传》后，另作诗一首，其中"自顾无才犹见忌，不闻多谤便为荣"，也是替似方岳一般的忠贞之士大鸣不平。金门此诗颇有现实精神。我国战国时期诸侯争霸，士人间重利之风盛行，然而，他们仍未完全抛弃责任感和担当使命。故与后世那些奸佞之徒有根本的不同。金门这里用何叔京的故事，是为了批判南宋佞臣，但又与战国士人扯上关系，显然很不恰当。因此，笔者对"战国言怀何叔京"竟不敢苟同。

（四十五）

《都南濠诗话》云："道家言人身中有三尸[一]，又谓之三彭[二]，每庚申日乘人之睡，以其过恶陈之上帝。故学道者遇是夕辄不睡，许郢州[三]诗云：'夜寒初共守庚申'是也。柳子厚有《骂尸虫文》，元吴渊颖有《三彭传》，则儒者亦以为有是说矣。尝记《避暑录话》载道士程紫霄云：'三彭乌有，吾师托此以惧为恶者耳。'遂作诗云：'不守庚申亦不疑，此心常与道相依。玉皇已自知行止，任尔三彭说是非。'此足以破其徒之惑，且道家而肯为是言，尤可贵也。"余谓天人相通，天有理，人有心，人心中常凛一天，所为必求合于理，合于理斯合于天。而其合与不合之际，虽一念之微，人不知而己独知之，己不知而天已知之。守庚申之说，欺诬已甚。使所为皆善，何守之有？使所为不善，而欲蒙蔽以欺天，天可欺乎哉？紫霄诗善矣，而有自信自是之意。今不敢自信，而惕然[四]曰："青天何在不随人，监察肩头信有神。但恐焚香难默告，心知安用守庚申。"

注：

[一] 三尸：道家术语，指存于人体的三种虫。

[二] 三彭：三尸姓"彭"，故云。

[三] 许郢州：即许浑（约791—约858），字用晦，一作仲晦，润州丹阳（今江苏省丹阳市）人。唐代诗人，曾做过睦、郢州刺史，世称"许郢州"。

[四] 惕然：谨慎小心的样子。

笺：

此则破"欺诬已甚"之"守庚申"之说。特别赞扬了道士程紫霄的质疑批判精神，只要心与道俱，人心中存一天理，就不用惧怕庚申夜上帝之惩罚。于此可见金门思想之通透。

（四十六）

《南濠诗话》云："朱陈村在徐州丰县[一]东南一百里深山中，民俗淳质。一村惟朱陈二姓，世为婚姻。白乐天有《朱陈村》诗三十四韵，其略云：'县远官事少，山深民俗淳。有财不行商，有丁不入军。家家守村业，头白不出门。生为陈村人，死为陈村尘。田中老与幼，相见何欣欣。一村惟两姓，世世为婚姻。亲疏居有族，少长游有群。黄鸡与白酒，欢会不隔旬。生者不远别，嫁娶先近邻。死者不远葬，坟墓多绕村。既安生与死，不若形与神。所以多寿考，往往见元孙。'予每诵之，则尘襟为之一洒，恨不生长其地。后读坡翁《朱陈村嫁娶图》诗云：'我是朱陈旧使君，劝农曾入杏花村。而今风物那堪画，县吏催租夜打门。'则宋之朱陈已非唐时之旧。若以今视之，又不知其何如也。"余诵乐天诗，亦不禁为之神往。读东坡诗，又不禁为之太息。都南濠先生，明正德间人，云"以今视之，不知何如"，则至今更不知何如也。赋诗曰："朱陈世业杏花村，寿考人多嫁娶蕃。唐宋至今千百载，令人那不忆桃源。"

注：

［一］徐州丰县：壬寅（2022）年初，江苏省徐州"丰县董集村生育八孩女子"事件在全国掀起波浪，这位母亲被人们称为"铁链女"。杨某侠（小花梅）是从云南被拐卖到江苏的，而她的身份又是怎样被洗白的，这牵涉到许多政府部门。一时间，激起人们对这种丧失人性的事情的无比愤慨之情。

笺：

假若乐天、东坡复活，恐怕又要以诗来记录人世间这丑恶的现象吧！

（四十七）

《存斋诗话》云："信云父，山东人，元兵南下，为张宏范元帅馆客。文文山[一]被获，宏范命云父款待之，日侍谈论，颇有向南之意。《赠文山》诗云：'宗庙有灵贤相出，黔黎无患太皇明。'文山因教以诗法，即领悟，作乐府云：'东风吹落花，纷然辞故枝。莫怨东风恶，花有再开时。'文山称赏，因赠之云：'东鲁遗黎老子孙，南方心事北方身。几多江左腰金客，便把君王作路人。'"余按云父乐府，寓意深婉，不仅赋落花，即作落花诗亦妙。犹记季秋作诗有"青林一半多黄叶"句，今初冬而黄叶落矣。因赋落叶云："昨吟黄叶犹依树，今日枝间已半空。莫道凋零如此易，青青转眼又东风。"

注：

[一]文文山：文天祥（1236—1283），字履善，又字宋瑞，号文山，庐陵（今江西吉安）人。作品以诗为主，词较少，有《文山先生全集》。

笺：

此则似既讲"诗法"又寄寓身为汉族知识分子的爱国情感。自秋至春，虽为季节之自然轮替，然而无不隐喻人类社会中黑暗、灾难等终将过去，人们将迎来希望的曙光。这对处在抗元绝境中的文天祥是一种精神支柱。非处此境中人是无法理解此心情的。

（四十八）

《䂬溪诗话》云："《寇莱公[一]外传》记公所得厚禄，惟务施予。寝处一青幨三十年，有亲厚者求之，欲其易去，公笑而答曰：'彼诈我诚，虽敝何害？实不忍以敝获弃耳。'蕲者愧之。故魏野[二]诗云：'有官居鼎鼐，无地起楼台。'及北使来，顾望缙绅而问迓者曰：'"无地起楼台"相公安在？'其清望为人所景慕如此。然永叔《归田录》颇论其侈汰，司马温公亦云，岂非奢外而俭内欤？"余按，外奢内俭且勿论其然否，今独有味乎"不忍以敝获弃"之一言而三复之，见其有爱惜物力之意焉，有不遗故旧之情焉，莱公比非骄奢侈汰而至于暴殄者也。为咏诗曰："莱公一幨三十年，不忍令以敝获弃。官居鼎鼐不为贫，至起楼台尚无地。此非侈汰所能然，亦岂矫情故立异。惟乐施与素行孚，清望乃能感北使。因知雷州亦德惠，枯竹无心插复翠（公为丁谓所谮[三]，贬雷州。后州人祀之，插枯竹挂纸，枯竹复生）。仁心所至格天心，不忍初心可记忆。我今有味莱公言，铭佩常存不忍字。"

注：

[一] 寇莱公：见前（十八）注[三]。

[二] 魏野：见前（十八）注[一]。

[三] 谮（zèn）：诬陷；中伤。

笺：

此则再次提到"初心"，以北宋寇准的清廉事迹为例。其清贫廉洁甚至传至北方，北使将他称为"无地起楼台"相公。被贬雷州，甚得民心，百姓为祭祀他，用来挂纸的枯竹都感动得复活了。金门否定了欧阳修、司马光对寇准"俭外而奢内"的看法，认为寇准是一位始终不忘"初心"的好官。做官要秉承的"初心"就是始终为公不为私，心中有百姓，这也是始终践行圣贤仁爱之心的生动展现。

（四十九）

《渔洋诗话》[一]云："白乐天自写其集三本，一置东都圣善寺，一置庐山东林寺，一置苏州南禅院。自云：'愿以今生世俗文字之因，转为来世赞佛乘转法轮之缘。'予昔亦尝以《渔洋集》一本付楚云师藏之南岳，一本付拙庵师传之盘山。昨门人刘翰林太乙言欲以八分手书予《正续集》，置之嵩山少林寺，亦香山居士后一段佳话。"余谓古人作书，不求炫世异时，显晦听之而已，即所谓"藏之名山，传之其人"者，岂必置之僧寺，付之和尚哉。"名山"即学堂书院，凡读书名胜处是也。"其人"则讲学受业，合志同道，能见知闻知之人，又岂异端所可寄托。彼二公者，何琐屑谬戾如此乎！为咏之曰："香山居士既佞佛，渔洋老人又佞僧。今生来世岂儒语，因缘可怜赞佛乘。士人当受孔子戒，浮图何自为友朋？楚云拙庵等和尚，师之师之更可憎。天下滔滔人夷狄，安得周公方且膺。一二名公尚如此，言距杨、墨谁其能？君子反经卫正道，尚无邪慝[二]庶民兴。"余于诗无所闻，何自而有诗话？因平昔惯见此等语，辄眦裂发竖，欲拔剑斫地，手援堕入魔道中者而尽出之，匪直为风雅一道挽狂澜于既倒而已。后生浅学，不能望古人项背，何敢以笔墨为口舌，訾议古人？世有君子，原其心而谅之。

注：

［一］《渔洋诗话》：清王士禛（1634—1711）的著作。士禛，字子真，一字贻上，号阮亭，又号渔洋山人，新城（今山东淄博桓台）人。顺治十五年（1658）进士，官至刑部尚书。著有《渔洋诗集》《蚕尾诗集》等。诗论主张"神韵"，他赋予这个六朝就已提出的绘画艺术概念以更丰富、深厚的内涵，从而成为一个诗学概念，提倡从大自然中去领悟人生真谛，崇尚高远情怀，主张清新淡雅的风格。这是对中华民族诗学智慧的总结和提炼。《渔洋诗话》分上、中、下三卷，共计282条，约3.5万言。

［二］慝（tè）：邪恶；罪恶；恶念。

笺：

金门由"藏之名山，传之其人"的解释入手，对白居易、王士禛将著述藏之佛寺、僧人的做法表示反对。照金门的意思，"名山"是指学堂书院，著述要让后学阅读评论，能给他们一点启发就很满足了。"其人"是指那些志同道合的读书人。第二层意思，金门应该是反对佛教的，这可从"士人当受孔子戒，浮图何自为友朋"可知也！然而，白乐天、王渔洋将著述分藏佛寺，这也许并没有金门所言之如此严重。金门于此也有顾虑，故另出一意，这倒是很可取的，也颇能见出金门之诗歌思想，其云：

"余于诗无所闻，何自而有诗话？因平昔惯见此等语，辄眦裂发竖，欲拔剑斫地，手援堕入魔道中者而尽出之，匪直为风雅一道挽狂澜于既倒而已。后生浅学，不能望古人项背，何敢以笔墨为口舌，訾议古人？世有君子，原其心而谅之。"

于此可见，金门之诗学思想的立场是将诗歌作为劝善惩恶的工具，也就是十分重视诗歌的政教伦理功能。然而，在诗歌"言志"功能被发挥至极致的同时，诗歌的"抒情"功能却被大大忽视了！

（五十）

《渔洋诗话》又云："《庄子》：'宋元君将画图，众史皆至，受揖而立，舐笔和墨，在外者半。有一史后至者，儃儃然不趋，受揖不立，因之舍。公使人视之，则解衣般礴裸。君曰："可矣，是真画者也。"'诗文须悟此旨。"[一]余谓何独诗文？士人奉身入世，须有倜傥不群之概，才处处见真精神。若猥琐龌龊，志气卑靡，未免余子碌碌也。为咏之曰："众史舐笔何龌龊，一史后至特英妙。不趋不立儃儃然，目中何自有权要。解衣般礴旁无人，是何胸次谁能料？吾欲倩工画此图，常为儒生一写照。"

注：

[一]"宋元君"句：出自《庄子·田子方》。儃儃（tǎn），成玄英疏："宽闲之貌也。"郭庆藩"释文"引司马云："般礴，箕坐也。"①

笺：

此则以诗讲士人"奉身入世"之道。大意是要有"倜傥不群"之"真精神"，不能"猥琐龌龊""志气卑靡"。要做到这样，就要内心澄澈，不受权力、富贵等限制和束缚。相信很多读书人都认可金门此意，但人在江湖，身不由己，一旦涉世，难免改变初心，那些"众史"中也有曾经的"真画者"，现在的"真画者"也会变为如今的"众史"。真可悲也！

卷　二

（一）

白乐天《送崔考功》[一]云："称意新官又少年，秋凉身健好

---

① （清）郭庆藩辑，王孝鱼整理：《庄子集释》，中华书局1961年版，第719页。

朝天。青云上了无多路,却要徐驱稳着鞭。"可为少年躁进者戒。又有云:"竿头已到应难久,局势虽迟未必输。"[二]上句为居高者警,下句为求速者箴。夫人惟进德修业,及事机之当赴者,勉以求之,决不可迟。若功名进取之地,常人以为迟则必输,岂知局势云者,如奕棋然:下子之迟,有多少审慎斟酌在此,岂为输局乎?进而言之,人事固然,天意从可知矣。语妙处,含皆有味,包孕无穷。诗之所以能感人者,在言之有余不尽中能曲传难之意。三复之可也。

注:

[一]《送崔考功》:《送考功崔郎中赴阙》。

[二]"竿头"句:出自白居易《代梦得吟》:"后来变化三分贵,同辈凋零泰半无。世上争先从尽汝,人间斗在不如吾。竿头已到应难久,局势虽迟未必输。不见山苗与林叶,迎春先绿亦先枯。"

笺:

此则金门对白居易两首诗的理解似乎并不准确。白居易、刘禹锡合称"刘白",是因为他们一生仕途坎坷,多次遭遇贬谪,至晚年遂生发出厌倦仕途之感,时常在诗中表现不胜宦途沉浮之感,这两首诗亦不例外。"戒""警""箴"之意未必无,然更主要的意思恐怕在于对自己及朋友们仕途坎坷的感叹和总结吧!这正是金门"诗之所以能感人者,在言之有余不尽中能曲传难之意"所指。还是孟子"知人论世"可靠些,读者毕竟不能随意曲解诗人之意。

(二)

《存斋诗话》:"元末[一]姑苏之被围也,唐伯刚和人'泥'字韵云:'玉楼金屋愁如海,布袜青鞋醉似泥。'谓当时居权要者[二]不如处闲散者之乐也。葛天民诗亦云:'二十四友金谷宴,千三百里锦帆游。人间无此荣华乐,无此荣华无此愁。'意正相类。"[三]

余谓前诗即四皓《紫芝歌》"富贵之畏人，不如贫贱之肆志"[四]意，又嵇康《秋胡行》"富贵忧患多"[五]之意，后诗即韩文公《送李愿归盘谷序》"与其有乐于身，孰若无忧于其心"之意。但彼以直言为戒，此以反面相形，指点紧切中含蓄无穷意味，微妙可思。富贵逸乐者，当奉以为箴铭，贫贱勤苦者，知此亦可无歆羡而自安也。抑犹有进者，人不可苟富贵，亦不可徒贫贱。君子非必恶富贵而趋贫贱也，圣贤中正之道，审富贵而安贫贱。玩一"审"字"安"字，便有多少识量多少心性功夫在。若只言可贫贱不可富贵，又谁独可富贵者？又，古今有德业闻望人，何亦多从大富贵出者？故必素常学问功夫，有可以处富贵而不虚，处贫贱而不没之道，由是审乎则隐则见之几，安乎不淫不移之素，能守正，能见几，能循分尽职，能与道为卷舒，富贵可也，贫贱亦可也，惟其道而已矣。惟是人多厌贫贱而含富贵。贪便不明，不明便沈溺而不能超出，不能超出则富贵中之忧患实多，有欲如贫贱人之安闲而不可得者。富贵固不可贪淫已！

注：

[一] 元末：丁福保辑《历代诗话续编·归田诗话》"纪吴亡事"无"元末"二字。

[二] 丁福保辑本"者"后以逗号断开。

[三] 此与丁辑本大异，丁辑本为："社友王元载亦诵一诗，不知何人所作。诗云：'二十四友金谷宴，千三百里锦帆游。人间无此荣华乐，无此荣华无此愁。'诗意与前诗亦相类。"但丁辑本注曰："廷博案：此葛天民诗，见《贵耳集》。"后《存斋诗话》确改为"葛天民"云。①

[四] "富贵"句：出自宋郭茂倩《乐府诗集·琴曲歌辞》（卷五十八），载有两首有关四皓（东园公、绮里季、夏黄公、甪里先生）的两首诗，分别是

---

① 丁福保辑：《历代诗话续编》，中华书局2006年版，第1285页。

四皓《采芝操》、唐代崔鸿《四皓歌》。全门"富贵之畏人，不如贫贱之肆志"应该是引自后者，但与之有出入，《乐府诗集》所载《四皓歌》云："富贵而畏人，不如贫贱而轻世。"①

[五]《秋胡行》：嵇康的游仙组诗，共七首。金门所引出自第一首，诗云："富贵尊荣，忧患谅独多。富贵尊荣，忧患谅独多。古人所惧，丰屋蔀家。人害其上，兽恶网罗。惟有贫贱，可以无他。歌以言之，富贵忧患多。"

笺：

怎样看待富贵与贫贱？这是摆在古今读书人面前的一个很现实也很重要的问题。金门从诸多诗歌得出一番感慨，总的就是遵循"圣贤中正之道，审富贵而安贫贱"。至于这个"道"是什么？金门也说得比较笼统，大概就是要求在学问和心性上的功夫。再加上戒贪，其实这也可归结到个体的心性上面。《论语·述而》云："饭疏食饮水，曲肱而枕之，乐亦在其中矣。不义而富且贵，于我如浮云。"《论语·述而》云："富而可求也，虽执鞭之士，吾亦为之。如不可求，从吾所好。"《孟子·滕文公下》云："富贵不能淫，贫贱不能移，威武不能屈，此之谓大丈夫。"这些都是圣人教给我们的道理。杨伯峻先生《孟子译注》引朱熹《集注》云："广居，仁也；正位，礼也；大道，义也。"可知，怎样对待富贵与贫贱的问题其实是一个怎样看待利与义的问题，金门所说的"圣贤中正之道"的"道"应该可以理解为义，故其所谓学问心性功夫也可归结到"义"上面。

(三)

《苕溪诗话》："林和靖《赠人》诗云：'马从同事借，妻怕罢官贫。'怕贫者，妇人女子耳。大丈夫之不移，何陨获之有？子美云：'长贫任妇愁'，亦以男子未尝愁也；'让粟不谋妻'，以明谋及妇人，则不得辞也。又云：'浮生有定分，饥饱安可逃？叹息谓妻子，我何随汝曹。'乐天云：'妻孥[一]不悦生怪问，而我醉卧方

---

① （宋）郭茂倩编撰，聂世美等校点：《乐府诗集》，上海古籍出版社1998年版，第654页。

陶然。'退之曰：'莫为儿女态，戚戚忧贫贱。'"余谓数言皆丈夫之言也。世间不少奇男子，为此关打不过去，做不出人者，多矣！观此亦足兴已。

注：

［一］妻孥（nú）：孥，儿女。妻孥，妻子儿女。

笺：

"君子固穷，小人穷斯滥矣"（《论语·卫灵公》），古今并非只有怕贫的女子，也有能坚守清贫的女子，有能劝诫夫君退出名利场并陪着其过贫穷生活的，如老莱子之妻、陶渊明的继室翟氏等。隋唐之际的诗人王绩《山中叙志》云："张奉娉贤妻，老莱藉嘉偶。"故不可似金门这般一概而论，否则会有重男轻女的大男子主义之嫌。

（四）

《召溪》又云："汉武帝见颜驷龙眉皓首[一]，问：'何时为郎，何其老也？'对曰：'文帝好文而臣好武，景帝好老而臣尚少，陛下好少而臣老矣！'老于为郎，此事尤著。窃怪老杜屡伤为郎白首[二]，屡称冯唐[三]而罕及驷。驷既生不遇三君，身后又不遇老杜，可笑也。"余谓人生各有际遇，遇者唾手功名，不遇者终身偃蹇[四]。此不可强者也，听其自然可也。

注：

［一］"汉武帝"句：出自李善注《文选》中的张衡《思玄赋》"尉龙眉而郎潜兮，逮三叶而遘武"，李善注引《汉武故事》："颜驷，不知何许人，汉文帝时为郎。至武帝尝辇过郎署，见驷龙眉皓发。"① 颜驷，字季遂，西汉人。相

---

① （梁）萧统编，（唐）李善注：《文选》，上海古籍出版社1986年版，第662页。

传为颜回的后代。

[二] 为郎白首：出自杜甫《历历》诗有"为郎从白首，卧病数秋天"之句。

[三] 冯唐：汉文帝时大臣，以敢于直言进谏闻名，仕途因此十分坎坷。司马迁《史记》有《冯唐列传》。王勃《滕王阁序》有"冯唐易老，李广难封"之句。

[四] 偃蹇：出自柳宗元《答韦中立论师道书》："故吾每为文章，……未尝敢以矜气作之，惧其偃蹇而骄也。"① 形容骄傲。在这里为曲折坎坷之意。

笺：

金门这份面对功名的平淡襟怀令人赞佩。古代有谚语："力田不如逢年，善仕不如遇合。"此言不虚，人生的确充满机遇，当机遇来临时，我们应该很好地抓住；但机遇没有降临的时候，我们不能怨天尤人、坐以待毙，而是应该不断充实提升自己，修养磨砺自己，为机遇来临时做好充分的准备。

（五）

《习溪》又云："《否卦》：'包承，小人吉。'[一] 说者谓小人在下者包之，小人在上者承之，盖处否当然。杜诗'曲直吾不知，负暄候樵牧'[二]；'是非何处定，高枕笑浮生'[三]；'洗眼看轻薄，虚怀任屈伸'[四]；'寄谢悠悠世上儿，不争好恶莫相疑'[五]，其寄傲疏放，摆脱世网，所谓两忘而化其道者也[六]。"余谓杜老所言，本足开拓心胸，推到豪杰。而"寄谢"二语，显露圭棱，犹有骂世之意。处否之世，以言语贾祸者多矣。圣人"危行言孙"[七]之教，允足为万世法程。

注：

[一]《否卦》：出自《周易·否卦》："六二，包承，小人吉；大人否，

---

① 郭绍虞主编：《中国历代文论选》（一卷本），上海古籍出版社2001年版，第157页。

亨。"意思是："六二，被包容并顺承尊者，小人获得吉祥；大人否定此道，可获亨通。"①

[二]"曲直"句：出自杜甫《写怀二首》，"吾"疑作"我"。

[三]"是非"句：出自杜甫《戏作俳谐体遣闷二首》。

[四]"洗眼"句：出自杜甫《赠王二十四侍御契四十韵》。

[五]"寄谢"句：出自杜甫《莫相疑行》。

[六]两忘而化其道：出自《庄子·大宗师》："泉涸，鱼相与处于陆，相呴以湿，相濡以沫，不如相忘于江湖。与其誉尧而非桀也，不如两忘而化其道。"②

[七]危行言孙：出自《论语·宪问》："子曰：'邦有道，危言危行；邦无道，危行言孙。'"杨伯峻先生翻译："孔子说：'政治清明，言语正直，行为正直；政治黑暗，行为正直，言语谦顺。'""孙"，同"逊"，谦逊、谦顺。

笺：

金门认为《岊溪诗话》所引杜诗可"开拓心胸，推到豪杰""犹有骂世之意"。与此同时，金门认为，如果士人身处否塞之世，一定要提防文字狱，想起圣人"危行言孙"之教，此可作为后世读书人的警戒。也就是说，读书人不要轻易以文字隐射现实政治，否则会给自己带来危险。就古代以文字罹难的士人之多的状况来看，金门之言并非耸人听闻，而是有其劝诫意义的，这里也可看出金门作为恪守传统的读书人的胆小和迂腐。

（六）

杜诗"'霄汉瞻佳士，泥途任此身'[一]，只'任'字即人不到处。自众人必曰'叹'曰'愧'，独无心'任'之，所谓'视如浮云，不易其介'者也。继云：'秋天正摇落，回首大江滨'傲睨天地，汪汪万顷，奚足言哉！"（《岊溪诗话》）云云。洵[二]能道出少陵心事，而其己之倜傥不群，亦可见已。

---

① 黄寿祺、张善文：《周易译注》，上海古籍出版社2004年版，第109页。
② （清）郭庆藩辑，王孝鱼整理：《庄子集释》，中华书局1961年版，第242页。

注：

［一］"霄汉"句：出自杜甫《送陵州路使君赴任》。

［二］洵：诚然；实在。

笺：

金门所云"少陵心事"，我想应该是指一种将个体投诸国家民族百姓之后的无怨无悔的情怀和精神。当然，也可从另外一个方面来理解，也许更契合"诗圣"之胸襟，那就是，杜甫是一个感情深厚、丰富、细腻的诗人，其对百姓和大自然的爱是同等的，因此可以极其自然地把控人生。

（七）

"房千里[一]作《骰子选格序》云：'以六骰双双为戏，以数多寡为进身官职之序，而且条其选黜之目焉。'东坡以流俗狂惑，经营侥来，惴惴唯恐后于他人，何异投骰者心动于中而色形于外，欲求胜人者哉！王逢原[二]《彩选》诗云：'卒无及物故，徒有高人气。昏昏忘所大，扰扰争其细。'"按所谓"选格"、"彩选"者，即如今所戏"升官图"是也。谓之升选则为名，以之赌钱则为利，此争名争利场也。今之官场，何以异是？吁，可慨矣！且戏为无益，赌博更非所宜近。至存胜人之心，高人之气，尤为荡害性情。知存心养气者，决不为此。戒之，戒之！（凡属赌戏者并宜戒。）

注：

［一］房千里：唐文宗时进士，字鹄举，河南洛阳人。

［二］王逢原：见前卷一（三十二）注［三］。

笺：

金门深谙官场（名利场）于人性异化之弊，因此劝诫人们祛除"胜人之心，高人之气"，君子要"存心养气"。不仅官场，而且在日常生活中，人们也要戒除"赌戏"，这也会让人倾家荡产，从而性情大变，甚至变成恶魔。其实，自古及今，世间不乏嗜权、嗜赌之人。

（八）

瞿存斋云："诗社以《杨妃袜》为题，杨廉夫[一]一联云：'安危岂料关天步，生死犹能系俗情。[二]'题目虽小，而议论甚大，所以诸人莫及。"余谓小题发出大议论，固诗家作手，然此等题可不必作。杨贵妃蛊惑明皇，终以丧身亡国，千古殷鉴，惩创之唾骂之可也。虽其头面，且勿要刻划，乃齿及其所遗之一脚袜而争赋之以污吾笔墨乎！文人好事不经，往往如是。《存斋》又载："欧阳文忠公《题安徽公主手痕》云：'故乡飞鸟尚啁啾，何况悲笳出塞愁。青冢芳魂知不返，翠崖遗迹为谁留？玉颜自昔为身累，肉食何尝为国谋。行路至今空叹息，岩花野草自春秋。'公主，仆固怀恩女，唐代宗册立之以嫁吐蕃。此其出塞时爬破石上手痕云。"朱子评"玉颜"二句"以议论言之，第一等议论；以诗言之，第一等诗"。信然。余谓此等题目，虽咏之可也，亦须持论正大，于凄惋中寓讽切意。如《昭君出塞》等，亦然。

注：

[一] 杨廉夫：见前自叙（五）注［一］。

[二] "安危"句：出自杨维桢《杨妃袜》。

笺：

金门于此提出诗歌选题这个非常重要的问题，在诗歌史上是有着十分重要的意义的。他认为，像杨维桢咏"杨妃袜"是"污吾笔墨"的题材，实在不可取。即使受到朱熹认可的欧阳修"安徽公主手痕"入诗也需特别谨慎，要力争"持论正大，于凄惋中寓讽切意"。的确，在面对众多的历史人物和故事的时候,怎么选取这些人和事入诗,是一个十分重要的问题。同时,更加重要的是,以史入诗是要指向当代的,文人切不可为了炫才耀博而忘记了自己的责任和担当,也就是前面金门所反复倡言的"初心"。

(九)

"贾生终军[一],欲轻事征伐。大抵少年躁锐,使绵历老成,当不其然。昔人欲沈孙武于五湖,斩白起于长平,诚有谓哉。尝爱老杜云:'慎勿吞青海,无劳问越裳。大君先息战,归马华山阳。'[二]又'安得壮士挽天河,洗净甲兵长不用'[三];'安得务农息战斗,普天无吏横索钱'[四];'愿戒兵如火,恩加四海深'[五];'不眠忧战伐,无力正乾坤'[六]。其愁叹忧戚,盖以人主生灵为念。孟子以善言战阵为大罪,我战必克为民贼。仁人之心,易地皆然。"此《碧溪诗话》也,引证确切,议论深沉。轻事用兵者,当书一通为戒。

注:

[一] 贾生终军:指西汉贾谊、终军,后被用来比喻少年英才。曹植《求自试表》:"昔贾谊弱冠,求试属国,请系单于之颈而制其命;终军以妙年使越,欲得长缨占其王,羁致北阙。"①

[二] 出自杜甫《有感五首·其二》。

[三] 出自杜甫《洗兵马(收京后作)》。

[四] 出自杜甫《昼梦》。

[五] 出自杜甫《提封》。"如"疑为"犹"。

[六] 出自杜甫《宿江边阁(后西阁)》。

笺:

此则是金门对《碧溪诗话》阅读评论,主题为反对战争。金门十分肯定

---

① (梁)萧统编,(唐)李善注:《文选》,上海古籍出版社1986年版,第1678页。

《岢溪诗话》的观点，认为统治者要"轻事用兵"，且时时以之为戒。我国战国时期有墨家学派，主张"非攻"，也是反对战争的。西方克劳塞维茨有《战争论》一书，对战争给予了客观理性的总结和认识，其根本观点其实还是主张不轻易发动战争。

（十）

诗贵含蓄有味。宋庞右甫[一]《过汴京》诗云："苍龙观阙东风里，黄道星辰北斗边。月照九衢平似水，胡儿吹笛内门前。"首三句只平叙汴京之盛，煞句冷然一拍，便有无穷感慨无限凄恻，所谓"节短音长"者是也。《黍离》[二]诗以不言正意而佳，此以直言之，更觉悲壮苍凉之甚。

注：

[一] 庞右甫：生平不详，北宋诗人。

[二]《黍离》：程俊英认为："这（《诗经·王风·黍离》）是诗人抒写自己在迁都时难舍家园的诗。《毛诗序》认为是周大夫慨叹西周沦亡之作，但诗中并无凭吊故国之意，似不可信。"①

笺：

前后所论似乎有所矛盾。前面说"诗贵含蓄有味"，后面又说是"直言"。然而，诗歌的含蓄蕴藉毕竟是我国古代诗歌的一个最为鲜明的传统，但其标准又是宽广的、相对的。单看庞右甫的诗，最后一句"胡儿吹笛内门前"才抛出作者慨叹南宋偏安于东南而北方沦陷的国家现状，的确可以说是含蓄的。关于《黍离》的主题，历来有两种不同意见。一种意见认为，这是写自己在迁都时难舍家园的诗；另一种意见认为，这是周大夫面对故国已成丘墟凭吊哀伤之情，所以才有后来的"黍离之悲"。的确，"知我者谓我心忧，不知我者谓我何求"，诗歌本来就表达得很模糊，加之运用了相对含蓄的比兴手法，所以其思想情曲

---

① 程俊英：《诗经译注》，上海古籍出版社2004年版，第102页。

折深沉。可见，若与《黍离》相比，就不算多么含蓄了！因此，金门这里也未必就是自相矛盾之说。

（十一）

《召溪诗话》："靖节'欢言酌春酒'[一]，'日暮天无云'[二]，此处畎亩[三]而乐尧舜者也。尧舜之道，即田夫野人所共乐者，惟贤者知之耳。钟嵘但称为'风华清美'[四]，岂直为田家语其乐而知之异乎众人共由者，嵘不识也。"黄公可谓靖节知己矣。抑非其学问真到明白处，性情直到纯静处，亦安能知此哉！

注：

[一]"欢言"句：出自陶渊明《读〈山海经〉·其一》。下一句为"摘我园中蔬"。

[二]"日暮"句：出自陶渊明《拟古·其七》。下一句为"春风扇微和"。

[三]畎（quǎn）亩：田间；天地。

[四]风华清美：出自南朝梁·钟嵘《诗品·宋征士陶潜》："其源出于应璩，又协左思风力。文体省净，殆无长语。笃意真古，辞兴婉惬。每观其文，想其人德。世叹其质直。至如'欢言酌春酒'，'日暮天无云'，风华清靡，岂直为田家语耶！古今隐逸诗人之宗也。"① 按："清美"应为"清靡"。

笺：

此处"黄公"之论亦未必契合渊明诗意，所谓"乐尧舜"云云，多为不实之想象。渊明为人，其思想是通脱的，往往遵循以我为主的吸收各家思想，故不能机械地认为钟嵘"田家语"即无根之论。渊明之诗，"学问"的"明白"倒在其次，主要是"性情"的质朴纯正。金门《酌雅诗话》之得、之失均在此也，其得在对程朱理学的坚守，其失也再对程朱理学的拘守。不是不要坚守，而是不要盲目信从，否则就是画地为牢、作茧自缚。

---

① 钟嵘著，陈延杰注：《诗品注》，人民文学出版社1961年版，第41页。

（十二）

后村刘克庄绝句云："新剃阇黎[一]顶尚青，满村听讲法华经。那知世有弥天释，万衲如云座下听。"[二]谓小道惑众而不知有大道也。第一语写胡僧丑态出，第二语写村夫愚态出，第三、四语借论以伸正论，以压群邪。能言距杨、墨者，不已为卫道功臣哉。余尝见此辈人，闻此等语，辄欲与为一瓣香结，习然矣。

注：

[一] 阇（shé）黎：见前卷一（二十）注[三]。

[二] "新剃"句：出自刘克庄《村居书事四首》。"听讲"亦作"看说"；"那知"作"安知"。

笺：

金门作为儒家的忠实信徒，自然对佛教持排斥态度，因此在这里将释家思想视为"邪"，而儒家自然是"正"。然将信仰佛教的村夫称为"愚"，这就是站在统治阶级和士大夫的立场来看普通百姓的精神文化生活，这有时并不正确。

（十三）

唐文宗夏日与诸学士联句云："人皆苦炎热，我爱夏日长。"[一]柳公权续云："薰风自南来，殿阁生微凉。"东坡谓宋玉对楚王雄风，讥其知己不知人也，公权小子，有美而无规，为续之云："一为居所移，苦乐永相忘。愿言均所施，清阴及四方。"[二]黄碧溪论此云："东坡驳公权极是。或谓：'五弦之薰，解愠阜财，已有陈善责难意。'愚谓不然。凡规谏之词，须切直分明乃可以感悟人主，故盗言孔甘，良药苦口。若以'薰风自南'为陈善闭邪，恐后世导谀献媚、说持两可者，皆得以冒敢谏之名矣。"《漳南诗话》则云："公权'殿阁生微凉'之句，东坡谓其有顺而无箴，乃为续成之。其意固佳，然责人亦已甚矣。……规讽虽臣之美事，然燕闲无事，从容谈笑之暂，容得顺适于一时，何必尽以此而绳之哉。且事君之法，有所宽乃能有所禁，略其细故于平素，乃能辨其大利害于一朝。若夫烦碎迫切，毫发不恕，使闻者厌苦而不能堪，彼将以正人为仇矣，亦岂得为善谏邪？"二说不同如此。余谓砦溪所言，严正之论也；潭南所说，豁达之词也。臣之于君，于从容论谈之暂，细故无关大体者固不宜烦碎迫切，引绳批根，亦不宜一味将顺，毫无警发。此时欲有所讽谏，须微婉如东坡"愿言均所施，清阴及四方"之意，庶几善夫。

注：

[一] "人皆"句：出自唐文宗李昂《夏日联句》。

[二] "一为"句：出自苏轼《戏足柳公权联句》："人皆苦炎热，我爱夏日长。薰风自南来，殿阁生微凉。一为居所移，苦乐永相忘。愿言均此施，清阴分四方。""所"亦可为"此"，"分"亦可为"及"。

笺：

此则从柳公权"殿阁生微凉"说起。苏轼认为柳公权"有美而无规"，并续诗谲谏。对此，《砦溪诗话》认为苏轼驳得对，因为规谏之词必须切直分明，才能感动人主，否则会引导后人走入谄媚阿谀的邪路。《潭南诗话》认为苏轼责人太过，大臣不能"烦碎迫切"，只要一开口就要劝谏国君，这可能适得其反，也不能算是"善谏"之臣。金门持中，认为《砦溪诗话》所论属"严正之论"，而《潭南诗话》所论则属"豁达之词"。认为合格的大臣要委婉进谏，如苏轼"愿言均所施，清阴及四方"之意。其他不论，此处的确论的是政治，正应了俗谚"伴君如伴虎"，人臣真是得了"内热"之病啊！

（十四）

元虞伯生[一]《登滕王阁》诗"天寒高阁立苍茫，百尺栏杆送夕阳",豪迈苍凉,有上下五千年之概,非伯生不能作也。《榕城诗话》载,闽中张远,字超然,领康熙己卯乡荐第一,常挟策游四方,未有所遇。登滕王阁题诗云:"高阁登临此大观,四山对面压龙盘。愧无词赋惊阎帅,已把文章让子安。人世百年风浩浩,长江千古水漫漫。南州高士今谁是,有客斜阳独倚栏[二]。"亦风流蕴藉之作。结寓自家身分,高在含而未露,令人听弦外之响。诗法之妙,可知矣。其《咏松涛》有"月明何处雨,风定数声钟"句,亦佳。

注:

[一]虞伯生:虞集(1272—1348),字伯生,号道园,世称邵庵先生。元代诗人,与揭傒斯、范梈、杨载一起,被称为"元诗四大家"。

[二]"栏"亦作"阑"。"阑",同"栏"。

笺:

虞集《登滕王阁》诗中的两句的确"豪迈苍凉",有一种个体融入历史中的深沉感。《榕城诗话》载张远《登滕王阁诗》"亦风流蕴藉之作",抒发一己怀才不遇之情。"人世百年风浩浩,长江千古水漫漫"颇有老杜"沉郁顿挫"之美,结句"有客斜阳独倚栏",给人留下无尽的想象空间,并且情感沉入悲伤之中,特具艺术感染力。金门由此提出其认为的精妙的诗法,即"结寓自家身分""含而不露""弦外之响"。从我国古代诗歌理论和思想来看,金门此论是成立的。特引王子安《滕王阁诗》,便读者与上面二家的《登滕王阁诗》参校赏析,诗如下:

"滕王高阁临江渚,佩玉鸣鸾罢歌舞。画栋朝飞南浦云,珠帘暮卷西山雨。闲云潭影日悠悠,物换星移几度秋。阁中帝子今何在?槛外长江空自流。"

如再结合《滕王阁序》阅读,更能彰显文学深沉厚重的历史感。

(十五)

杨仲宏[一]诗"风雨五更鸡乱叫,江湖千里雁相呼",不过直言直语耳，而其中有无数时景，无穷心事。诗中佳境妙处，不可胜言。

注：

［一］杨仲宏：生平不详，元代诗人。

笺：

闻鸡起舞，大雁南飞，漂泊游子，英雄无用武之地。诗是想象的产物，通过诗中景物，联想到人世的艰辛和沧桑。让人仿佛看到一位仗剑游荡江湖的侠客，他此时是何等自由畅快，同时又何等悲怨哀伤。诗人是在写自己的人生或仕宦经历，但又好像写的是普天下不得意士人的共同遭遇。不禁使人想到温庭筠的《商山早行》和黄庭坚的"春风桃李一杯酒，江湖夜雨十年灯"，都给人一种无限的苍凉和落寞之感。金门的感受是十分准确的。

（十六）

《苕溪诗话》："东坡云：'通家不隔同年面，得路方知异日心。'［一］乃唐人责同年不赴期集［二］，辞云：'紫陌寻春，尚隔同年之面；青云得路，可知异日之心'［三］也。"余谓古今人情，大概可见。

注：

［一］"通家"句：出自苏轼《循守临行出小鬟复用前韵》："学语雏莺在柳阴，临行呼出翠帷深。通家不隔同年面，得路方知异日心。趁着春衫游上苑，要求国手教新音。岭梅不用催归骑，截镫须防旧所临。"通家：世交。同年：科举考试同榜考中的人。

［二］期集：古代科举考试放榜后，同年考取的士人所举行的一系列庆祝活动。

［三］"紫陌"句：出自《唐摭言》。

笺：

此金门以诗慨叹人生道理也！虽然唐人、宋人科举考试放榜后对举行庆祝活动的要求不同，唐代似乎不作硬性要求，但宋代至少要朝谢。因此，唐代考取科举的士人可以不参加庆祝活动，但宋人却必须参加。然而，等到日后做官各奔东西后，同年们也一律地忘记了昔日放榜后一起参加的庆祝活动。这就是人情冷暖，也是再正常不过的事情。《史记·陈涉世家》云："苟富贵，无相忘。"①《古诗十九首·其七》云："昔我同门友，高举振六翮；不念携手好，弃我如遗迹。"②

（十七）

《韵溪诗话》："或问郑綮[一]相国今有诗否，答云：'诗思在灞桥风雪中，驴子背上，此处哪得之？'《北梦琐言》载，綮虽有诗名，本无廊庙之望，乃登庸，中外惊骇。太原兵至渭水，天子震恐，渴于攘除，綮请于文宣王谥号中加一'哲'字。其不究时病，率此类。愚谓此人，只可置之风雪中，令作诗也。"余谓读书人迂疏不达时务如此者多。故学者平日所讲求正心修身，须求为德行实学，格物穷理；须求为经义实学，揆[二]几庶务；须求为经济实学，本领素裕，然后为有用之学，非无用之学也。

注：

[一] 郑綮（qǐ）："綮"，同"棨"，古代官吏出行时用来证明身份的东西，用木制成，形状像戟。郑綮（？—899），字蕴武，郑州荥阳（今河南荥阳市）人。唐代诗人，宰相。

[二] 揆（kuí）：管理，掌管。

笺：

确如金门所言，读书人"迂疏不达时务"者很多。当敌军逼近，郑綮还在玩弄文字游戏，此甚可悲也。当然，也不完全怪他，因为古代读书人所读之书

---

① （汉）司马迁撰，（宋）裴骃集解，（唐）司马贞索隐，（唐）张守节正义：《史记》，中华书局1974年版，第1949页。
② 隋树森集释：《古诗十九首集释》，中华书局2018年版，第29—30页。

多不是"实学",少数格物致知的经济实学是很不受人重视的,这样就培养出许多纸上谈兵的迂阔文人。然而,金门由此认为诗思为"无用之学"失之偏颇。放眼古代封建社会,能文能武之人很多,如范仲淹、辛弃疾等。他们的诗思不仅没有影响他们保家卫国,还将他们忧国忧民之胸襟艺术化地记录了下来。金门生在清代,统治者实行闭关锁国的政策,当时的读书人可能已经隐隐感觉到时代变了,危机来了,但又在传统和现实的碰撞中暂时找不到出路。金门对经世致用之学的呼唤其实是时代的折射。

续 编(卷三)

(一)

乾隆间,钱塘袁太史子才枚[一],诗学敏妙,固应为本朝一大家,其才亦不减曹子建。一时名声,倾动天下,有由然也。惟性爱近红裙,喜为狎斜之行,至门徒中有殊色者,且渔猎而狎昵之。此其一己之嗜欲,亦孰从而禁之者。乃至形诸歌咏,传诸笔墨,付诸枣梨,欲天下人皆知之而竞艳之。郑、卫风行,廉耻道丧,害义伤教,莫此为甚,而犹欲以骚坛一帜自命,为风雅之宗,吾不知其何可也。孔子曰:"放郑声","郑声淫"。[二]其亦幸而不生圣人之世而为所放也。此其诗自须删。顾其人恃才,目空一世,有言及此等正论者,必訾诋而排抑之。如云:"宋《蓉塘诗话》讥白太傅在杭州忆妓诗多于忆民诗,此苛论也,亦腐论也。《关雎》一篇,文王辗转反侧,何以不忆王季、太王而忆淑女也?孔子厄于陈蔡,何以不忆鲁君而忆及门也?"又云:"本朝王次回[三]《香奁》绝调,沈归愚尚书选《国朝诗》摈而不用,何所见之狭也。尝作书难之曰:'《关雎》为国风之首,即言男女之情。孔子删诗,亦存郑卫。公何独不选次回诗?'沈亦无以答也。唐李飞讥元白诗纤艳不庄,为名教罪人,卒之千载而下,人知有元白,不知有李飞。"又云:"余戏刻一私印,用唐人'钱塘苏小是乡亲'之句。某尚书见之,大加诃责。余初犹逊谢,既而责之不已。余正色曰:'公以此印为不伦耶?在今日观,自然公官一品,苏小贱矣。诚恐百年以后,人但知有苏小,不知有公也。'一座辴[四]然。"其刚愎自是如此。

注:

[一] 袁太史子才枚:袁枚(1716—1798),字子才,号简斋,晚年自号仓山居士、随园主人、随园老人。钱塘(今浙江杭州)人。清代诗人、散文家。提倡"性灵说",与赵翼、张问陶并称"性灵派三大家"。主要著作有:《小仓山房文集》《随园诗话》《随园诗话补遗》《随园食单》《子不语》《续子不语》等。其散文代表作《祭妹文》与韩愈《祭十二郎文》并美。

[二] "放郑声"句:出自《论语·卫灵公》:"颜渊问为邦。子曰:'行夏之时,乘殷之辂,服周之冕,乐则《韶》《舞》。放郑声,远佞人。郑声淫,佞人殆。'"意思是说,舍弃郑国的乐曲,斥退小人。郑国的乐曲靡曼淫秽,小人危险。

[三] 王次回:王彦泓(1539—1642),字次回。金坛人,明末诗人,喜作艳体小诗,著有《疑雨集》《疑云集》等。

[四] 辴(chǎn):笑貌。

笺:

由金门所述,可知袁枚的确是一位追求个体精神自由的才子,而不是那种阿谀奉承的官场之徒。此影响其诗歌创作及思想,也就不是作圣贤的传声筒,中规中矩,而是直面个体内心的真实意愿和欲望。从这一节似乎还看不出金门的想法,但结合之前金门的诗歌思想看,袁枚这种思想在他看来无疑是离经叛道的,下面立见分晓。

（二）

其论《蓉塘诗话》一段，直不成话耳，不必与辨。作书难沈归愚一段，诬经诬圣，诐淫邪遁具矣！乃云"沈无以答"，讵知沈之不屑答耶？至谓千载而下，百年以后，人但知有元白，不知有李飞；但知有苏小，不知有某尚书，压倒正人，自负不朽，尤为可恶。夫自古贤人君子，湮没[一]而不传者，何限？奸邪小人彰彰史册者，又不知凡几许。所谓"不能留芳百世[二]，亦当遗臭万年"。子才不分芳臭而以苏小自况，自恃诗才之必传，则百世下又谁不知有陈后主、隋炀帝乎？郑板桥曰："昔人谓陈后主、隋炀帝作翰林自是当家本色，吾亦谓杜牧之、温飞卿为天子亦足破国亡家。乃有幸而为才人，不幸而为天子，其有遇有不遇也。"此自是千古不磨之论。板桥名燮，乾隆丙辰进士，为人潇洒不羁，日以诗酒自娱。《集》有《家书》一卷，皆教其子弟，有《颜氏家训》遗意，其为正人可知。且又有诗才，而所言若是。百世下不知杜牧之、温飞卿，又安知有元白，更安知有苏小乎？余谓诗之诐淫而不轨于正者，纵极风流冶艳，为人所不能为，亦陈后主、隋炀帝之流亚耳。每见才人放荡，自视不凡，不知陈、隋二主当日自视又何如也。子才高才卓识，诗可传者实多，何竟以淫情自护哉！《李雨村诗话》云："尹文端公总制江南，袁子才门生待之甚厚。然有招，多辞不往，文端颇怪之。子才寄诗言志云：'不是师门爱懒行，尚书应谅此中情。听来官鼓心终怯，换到朝靴足亦惊。老眼书衔愁小字，诗人得宠怕虚名。闲时每看青天月，长恐孤月累太清。'"《雨村》又云："子才有三不信。一不信佛。其弟春圃设醮[三]九华，子才戏咏二绝云：'禅门闲看白云飞，从不烧香惹是非。生怕佛灵能降福，受他恩重要皈依。''不求自己偏求佛，佛手拈花笑不清。道我至今心抱歉，未曾一粒施台城。'余谓二篇当为其诗集中压卷。又，出门不信择日，葬地不信风水，具见卓识。"

注：

［一］湮没（yān mò）：埋没。
［二］留芳百世：据《现代汉语词典》（第6版），第831页，"留"应为"流"。
［三］设醮（jiào）：醮是古代结婚时用酒祭神的礼，设醮指结婚。

笺：

　　金门于此所论实为中国古代诗歌理论中一个十分重要的焦点问题，即诗歌的功用问题。诗歌到底是圣贤的传声筒，还是个体抒情言志的工具？对这个问题，不同时期都会反复论争，而这又是时代精神的鲜明体现，明清时期尤其剧烈。茶陵派欲纠正台阁体之弊端，前后七子欲以复古为革新，但不彻底，公安派、竟陵派纠正前后七子的复古文学思想而走向了另一个极端。清代出现各种诗歌流派，它们相互间对立，如格调派、肌理派与性灵派之争。需要指出的是，每一派都有其可取、可弃的地方。主张承续传统为主的诗歌流派的优点在于不忘圣贤教诲，能弘扬读书人的责任感和使命感，为社会而创作，其弊端在于受传统的束缚太深，缺乏创新精神，而且极易流于虚伪和空洞。主张抒发个体情感和心灵的诗歌流派的优点在于对传统中糟粕的抛弃，能直面个体真实的内心世界，珍惜个体生命，为己而作，但又通向普遍个体的真实生存，所以具有鲜明的个性解放精神，有革新社会弊病的现实意义。这又可以看成"情"与"理"的冲突。

（三）

　　沈归愚先生选《明诗别裁》，有刘永锡[一]《行路难》一首云："云漫漫兮白日寒，天荆地棘行路难"，批云："只此数字，抵人千百。"子才笑之云："'风萧萧兮白日寒'是《国策》语，'行路难'三字是题目，此人所作只'天荆地棘'四字而已。以此为佳，全无意义。"余谓子才恃才，常多刻论，信如所言，则

"风萧萧兮易水寒"[二]，亦只算自作得"易水"二字矣。后世才人之好为雌黄也如此。

注：

[一] 刘永锡：(1599—1654)，字钦尔，号縢菴。直隶魏县（今属河北）人。明代诗人。

[二] "风萧萧"句：出自《易水歌》出自《战国策·燕策三》。

笺：

此则拈出袁枚反驳沈德潜评刘永锡诗故事，批评子才评诗"刻论"，盖因其自负诗才也！其实，诗无达诂，要看鉴赏者从何角度去评论。不过，由于诗歌一代一代的积累，后来者的确会蹈旧迹而乏创新，此之所以为宋代诗人叹息耳。从我国古代诗歌史看，明清诗歌固然流派众多、作品数量众多，但重复而无新意之作比比皆是，其诗歌成就自然无法与唐宋相比。"诗至杜而亡"，自有其道理。袁枚指出刘永锡诗歌借鉴古人过多的事实，这也是不可否认的。而沈德潜"抵人千百"之论也未必为令人信服的结论。

（四）

子才尝论本朝文之有方望溪[一]，诗之有王阮亭[二]，俱为一代正宗，而才力自薄，近人尊之者诗文必弱，诋之者诗文必粗，所谓佞佛者愚，辟佛者迂。"愚"字是也，"迂"字似亦有理，然竟以为"迂"，则孟子黜异端，韩文公抵邪说，是什么绝大紧要事，乃亦以为"迂"乎？子才不喜佛，而以辟之者为迂，识不足胆亦不足，正由博学而学实不足于本原矣。

注：

[一] 方望溪：方苞（1668—1749），字凤九，一字灵皋，号望溪，官至礼部右侍郎。桐城派的开山祖师，著有《望溪先生文集》。

[二] 王阮亭：见前卷一（四十九）注［一］。

笺：

袁枚只是用"佞佛""辟佛"作为后世士人或尊、或诋方苞和王士禛的一个比喻，原不必似金门这样苛刻。显然，金门是转移了话题，将诗文话题转向了怎样对待佛教的问题。最后指出袁枚"博学而学实不足于本原"，这恐怕为不实之论也。就清代诗坛、文坛来看，实充满一种复古的气息。袁枚能不受时风影响，大力倡导"独抒性灵，不拘格套"的"真"诗，这是许多士人无法做到的。其实，金门对子才如此看不惯，实在与其极度推崇"思无邪"之论诗主张有关。

（五）

子才论韩侂胄[一]伐金而败，与张魏公[二]之伐金而败一也，后人责韩不责张，以韩得罪朱子故耳。严海珊《咏张魏公》云："传中功过如何序，为有南轩下笔难"，冷峭蕴藉，判断简明。

注：

[一] 韩侂（tuō）胄：（1152—1207），字节夫，相州安阳（今河南安阳市）人。南宋权相，政治家，力主抗金，北宋名臣韩琦曾孙。

[二] 张魏公：张浚（1097—1164），字德远，世称紫岩先生，汉州绵竹（今四川绵竹市）人。南宋初著名爱国将领、学者，封魏公，故称"张魏公"。

笺：

金门此则道出我国古代文论中不算光彩的一面，即有时候并不遵循以诗歌本身说话的原则，而是对诗人进行道德绑架，这样就出现诸多有失公允的评论。所以，我国古代的诗话著作中也是精华与糟粕同在的。袁枚在这里倒是能比较公正地看待南宋的两位将领，金门于此是肯定子才的。

（六）

明天启间，常熟赵某[一]《题天圣阁》云："天在阁中看世乱，民从地上作人难。"今世干戈扰攘，蒿目时艰，同此浩叹。

注：

［一］赵某：据《随园诗话》，其为常熟赵贵璞的曾祖，名号不可考。

笺：

此则颇有士大夫忧时伤世的悲悯情怀，体现了诗歌关注现实、民生的精神。刘勰《文心雕龙·时序》云："观其（建安）时文，雅好慷慨，良由世积乱离，风衰俗怨，并志深而笔长，故梗概而多气也。"① 在我国古代文学发展史上，似"建安风格"这般关注现实的诗歌精神是形成了一个优良的传统的，而且其担当着在诗歌走入歧途时的矫正器的作用，这就是古代许多士人提及古代的一些诗歌创作风格的原因，其实也起着一种矫正时弊的作用，即以复古为创新也。

（七）

许鲁斋[一]先生《即景》云："黑云莽莽路昏昏，底事登车尚出门？直待前途风雨恶，苍茫何处觅烟村。"明苏人刘完庵[二]为佥事，将致政，有宪司索题《牧牛图》，完庵题云："牧子骑牛去若飞，免教风雨湿蓑衣。回头笑指桃林外，多少牧牛人未归。"宪臣感悟，即挂冠去。余谓鲁斋先生诗，可为轻出躁进、冒昧不明者之戒，完庵诗可为不早见己、恋栈不去者之箴。士君子进礼退义，故难进而易退。且有道则见，无道则隐[三]，出处行藏[四]，皆自有道。二诗特以比兴写之，真是醇醇[五]有味。

注：

［一］许鲁斋：许衡（1209—1281），字仲平，号鲁斋，世称"鲁斋先生"，

---

① 张国庆、涂光社：《〈文心雕龙〉集校、集释、直译》，中国社会科学出版社2015年版，第834页。

怀州河内（今河南沁阳）人。金末元初理学家、教育家、政治家，《元史》有《许衡传》。

［二］刘完庵：刘珏（1410—1472），字廷美，号完庵，南直隶苏州府长洲（今江苏苏州）人。1438年中举人，授刑部主事，迁山西按察司金事。老而嗜学不衰，为诗清丽可咏，景泰、天顺间，为吴中诗人之最，京师号为刘八句。书正、行出赵孟頫，山水出王蒙，行草学李邕，各极其妙。写山水林谷泉深，石乱木秀，云生绵密，幽媚风流，蔼然高者，攀鳞巨老，庶乎升堂，特未入室耳。天顺间（1457—1464）与杜琼、徐有贞、马愈、沈贞吉、恒吉并能，写山水，近世莫及。

［三］"且有道"句：出自《论语·泰伯》子曰："笃信好学，守死善道。危邦不入，乱邦不居。天下有道则见，无道则隐。邦有道，贫且贱焉，耻也；邦无道，富且贵焉，耻也。"杨伯峻先生译为："天下太平，就出来工作；不太平，就隐居。政治清明，自己贫贱，是耻辱；政治黑暗，自己富贵，也是耻辱。"

［四］出处行藏：《周易·系辞下》："君子藏器于身，待时而动，何不利之有？动而不括，是以出而有获，语成器而动者也。"① 意思是，君子的出仕、隐退、行动、隐藏都以善道为指针。

［五］醰（tán）：酒味浓厚，醇美。

笺：

"二诗特以比兴写之，真是醰醰有味"，金门此评甚好。"黑云""风雨"喻仕宦黑暗险恶，"牧子""烟村"喻与官场相对的隐退生活。两诗含蓄委婉地道出了宦海风波，意在劝人及时退隐，以免生命遭遇不测。最后引圣人"出处"循道的教诲，告诫那些仍然留恋名利的士人，千万学会止步，保全生命，获取个体精神的自由。此确可为"戒"、为"箴"也！

（八）

三百篇用赋、比、兴三义，而比兴居其二，其味永矣。古诗

---

① 黄寿祺、张善文：《周易译注》，上海古籍出版社2004年版，第541—542页。

十九首亦多此体。若诗中寓有身分者,比兴更多含蓄。陶靖节《饮酒》诗有云:"青松在东园,众草没其姿。凝霜殄异类,卓然见高枝。"[一]用意显然,意特生趣。韩魏公[二]罢政,判北京,新进多慢之,公尝作《园中》诗云:"风定晓枝蝴蝶乱,雨匀春圃桔槔闲。"意趣所至,多见于诗。本朝无锡秦留仙松龄初入翰林,赋白鹤诗应制,有句云:"高鸣常向月,善舞不迎人。"上顾左右曰:"此是有品者。"高文良公夫人,名琬[三],字季玉,蔡将军毓荣之女也。公巡抚苏州,与总督某不合,屡为所倾,而公卓然孤立。《咏白燕》第五句云:"有色何曾相假借",沈思未对,适夫人至,代握笔云:"不群似恐太分明",盖规之也。蒋用庵[四]侍御,罢官后过随园咏菊云:"名花自向闲中老,浮世原宜淡处看",自家与随园身分俱在内也。如此类者,古近体中不胜枚举,偶拈数例,以见大致。

注:

[一]"青松"句:出自陶渊明《饮酒二十首》,此为第八首:"青松在东园,众草没其姿。凝霜殄异类,卓然见高枝。连林人不觉,独树众乃奇。提壶挂寒柯,远望时复为。吾生梦幻间,何事绁尘羁。"

[二]韩魏公:韩琦(1008—1075),字稚圭,号赣叟。相州安阳(今河南安阳市)人。北宋政治家、词人。

[三]琬:蔡琬(1695—1755),字季玉,辽阳人。清朝名臣蔡毓荣的女儿,清朝云贵总督高其倬继室,清代才女,有《蕴真轩诗草》传世。《清史稿》有《蔡琬传》。

[四]蒋用庵:蒋和宁,生卒年不详,字用安、用庵、榕庵、榕盦,又字耕叔,号耦渔。江苏常州府阳湖(今常州市)人,清代诗人。后引诗出自其《过随园咏菊》。

笺：

"青松""桔槔""白鹤""白燕""菊"等意象，往往寄寓诗人高洁脱俗的志趣。它们以比兴的方式出现在诗中，使诗歌含蓄蕴藉，充满诗人特立独行的高洁情趣，如闲适、平淡、孤高等。由于在我国古代诗歌史上这类例子不胜枚举，所以形成了我国古代诗歌写作的一个独特手法——比兴。这个手法得追溯至《诗经》，因此《诗经》成为我国古代文学之源。金门于此道出了古代诗歌的这个鲜明特征，但回观其前面"以诗论诗"的诗歌，却比较缺乏比兴的风采。这是否应了古人的一句话，叫"知之难，行之更难"。

<h2 style="text-align:center">（九）</h2>

唐时下第士子，多为诗刺主司，独章孝标作《归燕诗》献侍郎庾泰宣曰："旧垒危巢泥已落，今年故向社前归。连云大厦无栖处，更望谁家门户飞？"宣讽吟，恨遗才。及重典礼闱[一]，孝标获隽[二]。

注：

[一] 礼闱：指古代科举考试的会试，因其为礼部主办，故名。

[二] 获隽：指会试得中，后泛指科举考试得中。

笺：

唐代朱庆馀《近试上（呈）张水部》云："洞房昨夜停红烛，待晓堂前拜舅姑。妆罢低声问夫婿，画眉深浅入时无。"这是最典型的与科举考试有关的诗歌。唐代有"温卷"之风，欲参加科考的士子提前将自己平日所作诗文呈给主考官，期望能得到主考官的重视，从而增加科考得中的概率。金门此处所举例子是士子科考失利后呈给主考官的诗，同样为他第二次科考得中发挥了作用。因为主考官由此诗了解到了他的才能。这种诗的思想一般，表现技巧却多种多样，我们在学习诗歌写作的时候，可以吸收其写作手法。

（十）

又，高蟾下第后，以诗献侍郎李昭曰："天上碧桃和露种，日边红杏傍云栽。芙蓉生在秋江上，不向东风怨未开。"明年昭知贡举，亦及第。本朝落第诗，程鱼门云："也应有泪流知己，只觉无颜对俗人"；陈梅岑云："得原有命他休问，壮不如人后可知"；袁香亭云："共说文章原有价，若论侥幸岂无人"；又云："愁看童仆凄凉色，怕读亲朋慰藉书"；王菊庄云："亲朋共怅登程日，乡里先传下第名"，皆可与唐人颉颃。然读姚武功云"须凿燕然山[一]上石，登科记里是闲名"，则爽然若失矣。

注：

[一] 燕然山：即今天内蒙古自治区的杭爱山。东汉窦宪征讨北匈奴，平定后勒石燕然山纪功。后世文学作品遂以之作为战争的象征，如唐代王维《使至塞上》中有"萧关逢候骑，都护在燕然"；北宋范仲淹《渔家傲》有"燕然未勒归无计"。

笺：

金门说本朝落第士子的诗"皆可与唐人颉颃"，似言之过甚。只要稍作比较，就会发现，明清落第士子之诗歌的怨戾之气显然过重，根本上失却了唐代诗人生活于盛唐时代之下的独特超然逸气。

（十一）

余历应朝考会试[一]，四次不遇，未尝有愤懑语乞怜语，亦无甚寂寞之态，惟隐念堂上人老，万里奔驰不容易耳。曾忆道光壬午秋闱[二]揭晓，自题《落卷后》二首云："不怨今年同考官，功名侥幸已知难。若非清夜糊涂眼，两比何为一段看。"（题系"舜有臣五人而天下治中权"，故作两比，流走批云："中段不整"，以此不售）其二云："昔哉秋闱已擅场，文章有命总茫茫。自知无德知无分，正已何知较短长。"（嘉庆丙子乡试已取中，不知缘何被落，至壬午已历三科矣）癸巳礼闱报罢后，与欧阳米楼比部及同乡下第两三人，晚步登窑台。是日适新科殿试[三]，登台远眺，未免有感。米楼英年早捷南宫，犹以不得馆选为恨，乃唱一律，结云："席芦啜茗饶清兴，我辈偏惭作赋才。"余次其韵和之云："献赋金门谁氏哉？偏饶我辈此登台。闲中散步尘嚣远，高处流观意境开。望切郊原纷作雨（时正祈雨），名谁日下震如雷。吟诗啜茗管消受，未必长淹有用才。"米楼少余十余岁，已得部曹[四]清秩，诗意犹有所未慊[五]，故专发其意以相况，得失全不介意也。

注：

[一] 会试：明清两代每三年在京城举行一次的科举考试，由各省举人参加。会试第一名称为会元。

[二] 秋闱：又称秋试、乡试，由南、北直隶和各布政使司举行的地方考试，地点在南、北京府和布政使司驻地，每三年一次，逢子、午、卯、酉年举行，又叫乡闱。考试的试场称为贡院，考期在秋季八月，故又称秋闱。

[三] 殿试：科举制度中最高一级的考试，在皇宫内大殿上举行，由皇帝亲自主持。

[四] 部曹：明清时代各部司官的称呼。

[五] 慊（qiè）：满足；满意。

笺：

金门由此则亦含自我劝慰之意。士子面对科考失利，有的愤懑，有的乞怜，有的退隐，有的即使考中也对所授官职不满意。金门则认为要"全不介意"，然这是何等之难。古代读书人被束缚于科举一途，实在是很悲哀的事情。明清时期，科举制度日益僵化，不独以诗歌揭示反映科举的作品增多，以小说、戏曲等更多形式反映科举的作品也增多起来。吴敬梓《儒林外史》就全面而深刻地反映了封建科举制对士人的影响和戕害，值得所有士子反复思之。

（十二）

袁子才谓诗中理语，"如《文选》'寡欲罕所缺，理来情无存'[一]；唐人'廉岂沽名具，高宜近物情'[二]；陈后山《训子》云'勉汝言须记，逢人善即师'[三]；又宋人'独有玉堂人不寐，六箴时晓献宸旒'[四]，皆是理语，何尝非诗家上乘？至乃'月窟''天根'等语，便令人闻而生厌矣"。余谓诗中理语，何止此数句，而数句亦自佳，无庸异议。乃谓邵子[五]诗为"可厌"，彼岂能知邵子者哉，又岂能知"天根"、"月窟"数句之意哉！夫此数语，不可以诗求之也，明矣。即以论诗，亦谁能知此说者。"乾入巽来知月窟"，姤[六]也，一阴生也；"地逢雷处见天根"，复也，一阳生也。姤复消长，阴阳气化，循环不息，生生不穷，所以谓"天根月窟闲来往，三十六宫都是春"也。邵子精于《易》，明于天人之理，所言以诗出之者，乃咏叹不尽之意，非欲求工于诗而自列于诗家者也。今千载下人尽尊之为大儒，谁复奉之为诗人乎。子才于晚唐诗人元白辈推尊之极，即有人诋其瑕者，必强辩压倒人而后已。千古淫人，以才自护，而于正人语则厌之，气味不同故也。"月到天心处"，动中静也；"风来水面时"，静中动也；"一般清意味，料得少人知"。此何如理趣乎？抑诗而已乎？宜乎更少人知矣。

注：

[一]"寡欲""理来"句："寡欲"句出自南朝谢灵运《邻里相送至方山》："祗役出皇邑，相期憩瓯越。解缆及流潮，怀旧不能发。析析就衰林，皎

皎明秋月。含情易为盈,遇物难可歇。积疴谢生虑,寡欲罕所阙。资此永幽栖,岂伊年岁别。各勉日新志,音尘慰寂蔑。"①"理来"句出自谢灵运《石门新营所住四面高山回溪石濑茂林修竹诗》:"……感往虑有复,理来情无存。庶持乘日车,得以慰营魂。匪为众人说,冀与智者论。"②《文选》李善注"感往虑有复,理来情无存"两句云:"言悲感已往,而夭寿纷错,故虑有回复;妙理若来,而物我俱丧,故情无所存。往,谓适彼可悲之境也。"③按:陈伟勋在这里显然是将分属于谢灵运两首诗中的两句误记成了一句。

[二]"廉岂"句:李洪程《随园诗话笺注》指出此是袁枚误将清代查慎行的诗句说成唐人诗句。

[三]"勉汝"句:出自唐杜荀鹤《送舍弟》:"我受羁栖惯,客情方细知。好看前路事,不比在家时。勉汝言须记,闻人善即师。旅中无废业,时作一篇诗。"这里是袁枚的误记。

[四]"独有"句:袁枚说是宋人诗句。按:不知何据,姑存疑。

[五]邵子:邵雍(1011—1077),北宋哲学家、易学家,有内圣外王之美誉。字尧夫,谥廉节,自号安乐先生、伊川翁,后人称百源先生。范阳(今河北涿州)人。幼随父迁共城(今河南辉县)。著有《观物篇》《先天图》《伊川击壤集》《皇极经世》等。

[六]姤(gòu):同"遘";善,美。

笺:

此则又以袁枚为靶子,指出其批评理学家邵雍的诗是不对的,金门认为袁枚对诗歌中的"理语""理趣"的理解有问题。这个问题在中国古代诗歌理论史上是一个有很大争议的问题。其实,大家都不完全否定以诗说理,而是在以诗说理的"度"上持不同意见。有的认为,诗歌是以形象抒情言志,不能走向抽象;有的认为,诗歌适当的增加说理的成分,能够让诗歌变得更加深刻。那么,怎样掌握这个"度"呢?还是应该从中国古代诗歌发展的具体

---

① 逯钦立辑校:《先秦汉魏晋南北朝诗》,中华书局1983年版,第1159页。
② 逯钦立辑校:《先秦汉魏晋南北朝诗》,中华书局1983年版,第1166页。
③ (梁)萧统编,(唐)李善注:《文选》,上海古籍出版社1986年版,第1399页。

历程中去分析、辨别。比如,在诗歌抒情、叙事为主的前提下,适当说理,这是能深化诗歌的境界的,"此中有真意,欲辨已忘言",这可以说是点睛之笔。然而,北宋"以议论为诗"的风习就不好了。发展至明清时期,以诗说理蔚成风气,大大削弱了诗歌的情感因素,减弱了诗歌以情感人的力量。这反映出明清读书人生活世界的逼仄和视野的狭窄,是诗歌脱离生活的标志之一。随着"文人之诗"逐渐演变成"学者之诗",诗歌也走入了死胡同。金门在这里猛烈地批评袁枚,一方面是替理学家式的诗歌辩护,因为他们的诗歌无一字、无一事都来自圣贤的经典,另一方面,也是金门写作诗歌倾向说理并且过度的审美趣味的间接体现,但这显然又是受其情感、学识、经历等方面综合影响所致。

后　跋

　　诗话必具史笔,诚宋人过严之论。而衡山文璧序《南濠诗话》,乃至谓"玄辞冷语,用以博见闻资谈笑而已,奚史哉",抑何陋矣!士人著书立说,有关世道人心。诗话虽只论诗,然苟归雅正,则兴感之易,有裨世道人心不少。余观诗话、杂说行于世者多矣,惟能持正论者为上乘。有宋宰相陈俊卿序黄常明先生《䂬溪诗话》云:"作诗固难,评诗亦不易。酸咸殊嗜,泾渭异流。浮浅者喜夸毗,豪迈者爱遒警,闲静之人尚幽渺,以至嫣然华妩无复体骨者,时有取焉,而非君子之正论也。夫诗之作,岂徒以青白相媲、骈俪相靡而已哉!要中存风雅,外严律度,有辅于时,有补于名教,然后为得。杜子美诗人冠冕,后世莫及,以其句法森严,而流落困踬之中,未尝一日忘君民也。[一]孔子曰:'诗三百,一言以蔽之曰"思无邪"。'[二]以圣人之言观后人之诗,则醇醨[三]不较而明矣。"余因阅诸家诗话,时出己意,窃附其间,或又得诗,以题其后,零碎草稿,不觉成编。爰即以《酌雅》名之,大意在抵排异学,黜落浮辞。而凡有益于世道人心者,亦各因所触而推衍其说。至如吟风弄月等词,苟其有得于比兴之意,有合于风雅之旨者,亦取而附焉。总兢兢奉夫子"思无邪"之一言以为矩范而已矣。"诗话"云乎哉!

注:

[一]"杜子美"句:《辑要》有注:"丁本作'未尝一日忘朝廷也'。"其实,结合子美为人、为诗看,如:"致君尧舜上,再使风俗淳"(《奉赠韦左丞丈二十二韵》)、"许身一何愚,窃比稷与契。……穷年忧黎元,叹息肠内热。……生逢尧舜君,不忍便永诀"(《自京赴奉先县咏怀五百字》)。可见,子美心中有百姓,但并未将这种情感与统治者置于对立、对抗的位置,而是在肯定国家需要安定富强基础上的爱民。因此,"未尝一日忘君民也"是比较契合子美其人其诗的实际情况的。

[二]"诗三百"句:出自《论语·为政》:"子曰:'诗三百,一言以蔽之,曰"思无邪"'。"朱熹说:"'思无邪'乃是要使读书人思无邪耳。"今人成复旺、黄保真、蔡钟翔《中国文学理论史》指出:"孔子所说的'思无邪',实际上就是'中和'的原则。"①

[三]醨(lí):味淡的酒。

笺:

金门在"后跋"里再次申说其论诗"极则"——"思无邪"。对于他所推尊的"思无邪"言诗思想及其得失,读者可参考本书"前言"部分,其中有十分详细的分析和评说。古人有云"诗无达诂",金门提倡"思无邪"自有其自己的考虑和时代的合理性,我们不能以今束古,去苛责古人,相信历史会做出最公正的评判。

---

① 成复旺、黄保真、蔡钟翔:《中国文学理论史(二)·隋唐五代、宋元卷》,中国人民大学出版社2009年版,第17页。

附 录

陈伟勋诸传

《新纂云南通志》卷二百三十四《文苑传》(节录)

陈伟勋,号金[一]门,剑川人,道光壬辰举人。性孝友,事父母,五十犹孺慕。游学于外,所得束脩与昆季共之。授徒严守宋儒规条,以穷理尽性为宗,即贵游子弟不稍宽,故及门多登科甲入馆选者。从学使杜受田校文山西,或以多金通关节,伟勋力拒之,为杜所深嘉。晚年归里,值滇乱,忧愤成疾,卒于家。著作皆道德经济之言,兵燹散佚,今惟存《味道轩诗》、《酌雅堂诗话》、《训友语》等书。

注:

[一]《辑要》作"金"。《云南丛书书目提要》(云南省文史研究馆纂集,李孝友、张勇、余嘉华执笔)作"全"。按:《新纂云南通志》《云南丛书》均作"金",是。应作"金",《辑要》不误,《云南丛书书目提要》误。

· 110 ·

《云南丛书书目提要》

酌雅诗话（三卷）（清）陈伟勋撰

陈伟勋字全①门，号酌雅，自号"酌雅主人"，剑川人。道光壬辰（十二年，1832）举人。生平著有《味道轩诗集》、《慎思轩文钞》、《女训》、《女等》传世。伟勋学宗程朱，取法宋儒，言诗本三百篇无邪之趣旨，得风雅性情之正轨，抵排浮屠，攘斥淫词。故此书以朱子《感兴诗》并自步原韵二章及《辟邪说》诸篇冠首；以明人瞿佑（字存斋）之《归田诗话》所载《莺莺传》一则次后；又次论陶渊明诗；余引古代诗话或诗句合乎理性者加以论断；亦载入自己所作诗。综观此书，在于微辟异端，阐发政教，至乎"思无邪"之言。晋宁方树梅称此书"析理至清，持论至正"。有人亦认为此书"不当专以诗话目之"。全书几近百则，厘为三卷，卷端载道光己酉（二十九年，1849）中秋前三日酌雅主人《自序（叙）》，卷末又载有《自跋》。收入《云南丛书》初编，《云南丛书总目》题"陈伟勋撰"，经审定原书内容，应题作"纂著"更为确切。

《新纂云南通志》（四）

（一）《艺文考三》滇人著述之书三　子部儒家类

《列女语》一卷。清陈伟勋撰。伟勋，字金门，剑川人。道光壬辰举人。光绪《绪志》已著录。（299页）

---

① 应为"金"，《云南丛书书目提要》误。

(二)《艺文考七》滇人著述之书七　集部四

《味道轩诗钞》、《慎思轩文钞》，清陈伟勋撰。伟勋，见前子部儒家类。赵联元谓："伟勋躬行礼教，居家孝友，粹然儒者。"《丽郡诗文徵（征）》卷数不悉，《文徵（征）》录文七篇，《诗徵（征）》录诗十六首。(368 页)

(三)《艺文考八》滇人著述之书八　集部

别集五　诗文评类

《酌雅诗话》二卷。清陈伟勋撰。伟勋，见前子部儒家类。其《味道轩诗钞》、《慎思轩文钞》已著录。是书析理至精，持论至正，不当专以诗话目之。已收入《云南丛书》。(390 页)

《云南历代方志集成》省卷第一辑 13 册(全十五册)

道光《云南通志》卷一百四十二　选举志三之五　举人五二十四　道光十二年壬辰科中式五十四人。陈伟勋（剑川人）［按：排第十八位］（7352 页）

《云南丛书》第三十九册(全五十册)

陈伟勋，字史韵，一字金门，道光壬辰举人，有《味道轩诗钞》、《慎思轩文钞》、《酌雅诗话》。联元曾及先生门，见其躬行礼教，居家孝友，粹然儒者也。(《丽郡诗征》第 10 卷，第 20525—20527 页)

陈伟勋诗文辑佚[①]

陈伟勋的诗

次韵朱子感兴二首

古有三不朽,修炼岂深山。但能尽其性,焉知生死关。后人多异术,九转夸神丹。此丹一入口,飞升生羽翰。长生固不易,偷生奚足难。我怀学仙侣,俟命斯心安。

自有释氏教,天下多颛愚。以彼所谓道,不过凭空虚。奈何诸夏人,反谓中土无。至乃译其语,相与幽谷趋。遂令百世下,荆棘纷满途。我生虽独后,安能容其书。

斋前种竹数竿榜曰有竹居

有竹有竹可无俗,数十百竿绕我屋。春风春雨新翠浴,夏日

[①] 以下陈伟勋诗文辑自清代丽江赵联元《丽郡诗文征》(卷七、卷一〇)。二著均载《云南丛书》第三十九册。

压檐森众绿。萧疏秋月凉可掬，冬雪枝间零碎玉。四时之趣惟我欲，中有数椽作家塾。老去有书日日读，闲课儿孙愿已足。

有感于谢安王羲之语书示子弟

王谢人瞻一代仙，桑榆哀乐有谁怜。谁知丝竹堪娱老，未识儿孙可象贤。淝水有功安石著，兰亭一序右军传。人生莫问荣枯事，须立芳名在盛年。

读韦苏州诗咏怀二首

三冬初过喜逢春，暖气微微觉我身。作鲋[一]已沾升斗水，为霖欲活万千人。纵无经济存天下，何忍饥寒迫里邻。默念东风嘘拂遍，家家生意十分匀。

注：

[一] 作鲋：出自《庄子·外物》："周昨来，有中道而呼者。周顾视车辙中，有鲋鱼焉。周问之曰：'鲋鱼来！子何为者邪？'对曰：'我，东海之波臣也。君岂有斗升之水而活我哉？'周曰：'诺。我且南游吴越之王，激西江之水而迎子，可乎？'鲋鱼忿然作色曰：'吾失我常与，我无所处。吾得斗升之水然活耳，君乃言此，曾不如早索我于枯鱼之肆！'"① 在这里，金门反用其意，表示自己要尽微薄之力，去帮助那些需要帮助的人。

舌耕居处固何崇，况得举家勤动功。日日培将心粪厚，年年仗得砚田丰。解推无力怜吾邑，温饱何情独我躬。若得一官余五斗，捐分那惜俸钱空。

---

① （清）郭庆藩辑，王孝鱼整理：《庄子集释》，中华书局1961年版，第924页。

田家秋晴打稻景

寒入西风甫二分,秋空晴色爱斜曛。青林一半多黄叶,碧落些须有白云。日暖午鸡邻舍响,霜清晨雁远天闻。田间笑语声欢乐,打稻家家妇子勤。

作《且遁先生传》后有感于何叔京之语次高九万送方秋崖去国诗韵

先生且遁将安行,战国言怀何叔京。自顾无才犹见忌,不闻多谤便为荣。薯腾几度乘春醉,昧爽何时到日明。归去乡关仍似昔,一湖风定已波平。

宋魏野身犹为外物诗亦是虚名二句足贬近人徇欲惊名之蔽慨慕为诗

隐士孰称贤,翛然[一]魏仲先[二]。无心时饲鹤,有梦惯游仙。名已空千古,身还置一边。惟将真质性,无欲静还天。

注:

[一] 翛(xiāo)然:形容无拘无束、自由自在的样子。
[二] 魏仲先:见前《酌雅诗话》卷一(十八)注[一]。

剑川竹枝词

剑川城东湖水平,剑川城西山水清。客心同恋回头水,水自无心客自行。

田园杂兴

正月欣逢三白[一]过,农人村外始披蓑。新泥滑滑犁头润,喜说今春雪泽多。

注：

[一] 三白：指三度下雪。

农人崇实不崇华，对雪吟诗有几家。但是廿番风信到，也将春色问梅花。

邻里通功事最便，相偿饮食不偿钱。吾乡旧俗由来古，父老相传已百年。

躬耕乐道有名儒，今日谁堪世道扶，寄兴田园诗百首，扶疏吾亦是真吾。

次韵孙昼堂学博绍康金华山纪游三十韵

金华同蜡屐，时序抚清秋。石畔人先约，松冈路旧由。蹎[一]宜惩小垤[二]，陟可咏阿邱。谷口盘纡曲，峰腰互崒嶀[三]。轻飙欣挹袖，明月想当头。径划[四]溪唇敞，严嵌塔脚遒。入门斯梵刹，来客本儒流。三教图谁创，千年道不修。直疑天未旦，竟使夜常幽。欲辟诸空境，须登百尺楼。拨云开化日，扫雾照逻陬[五]。变色惊谈虎，掀髯怒拂虬。语防严堕地，听拟木垂樛[六]。座上休咸舌，山前且放眸。一川铺稻壤，十里漾芦洲。四面皆连水，中央孰泛舟。烟波看渺渺，世道等悠悠。聚会能多少，光阴靡逗留。得闲殊自在，选胜复何求。隅坐倾茶椀，传觞酌酒篘[七]。尘寰凭俯视，诗景任旁搜。果熟疏枝落，禽飞茂树投。涧花繁莫摘，野笋嫩堪羞。六七刚童子，追随此好俦。席间情共畅，林际画应留。午饭过微雨，斜阳下远菆[八]。山岚归拥黛，湖浪净翻琉。归兴仍携手，歌声间转喉。遥村行渐远，暮霭看偏稠。赤壁重寻矣，元都再憩不。接交真洒脱，宾主倍绸缪。大雅工元唱，新篇足纪游。

注：

[一] 踬（zhì）：被东西绊倒，比喻事情不顺利。

[二] 垤（dié）：小土堆。

[三] 崒（zú）嶠（qiú）：山高而险峻的样子。

[四] 刬（chǎn）：见前《酌雅诗话》卷一（八）注[二]。

[五] 陬（zōu）：山脚。

[六] 樛（jiū）：树木向下弯曲。

[七] 筹（chōu）：滤酒的器具。

[八] 㩁（chù）：鸟巢。

满贤林歌

我游满贤林，因作纪游篇。名山三百未游遍，又闻海上有三山。毕竟三山问谁到，方士例以荒唐传。使人心驰万里外，恍惚缥缈虚无间。我曾到海不之见，归告世人谁信然。满贤林在目前，求仙原不如访贤。洞里青山夹峙，无尘到洞口。金刚坐镇严当关，五云楼上试久坐。但见一线明青天，岩垂壁立天不动。水流花开天自闲，终古苍松间竹柏。旦暮白云相往还，此身如置羲皇上。淳闷还生怀葛先[一]，斯时松乔[二]未出世。何有安期[三]与偓佺[四]，蓬莱几何峰，方丈几何峦，神仙所在果安在，乃在天外。东瀛边何如，此林众妙集。妙处恰未离人寰，欲至即可至，实地非虚悬。只恐语言文字未足尽妙处，惟静能悟斯真诠。

注：

[一] 葛先：疑指葛天氏，是我国神话传说中的远古部落名。

[二] 松乔：中国神话传说中的仙人，赤松子和王子乔的并称。

[三] 安期：安期生，秦汉间方士，后被传为道教神仙。

[四] 偓佺：（wò quán），古代传说中的仙人。

陈伟勋的文

重游洞庭记

洞庭之险曷为乎？游之也，未知其险焉。故矣，知之则曷为？重游之也。未尽其险焉，故也，尽之，斯险之矣，曷险乎？洞庭险，其载吾舟而欲覆之也。能载能覆，凡水皆然，曷险乎？洞庭险，洞庭之水之既载我舟于无何有之乡，欲覆之不可知之境，如是者，数数而犹不之覆又载之。果无何有之乡，欲覆之，更不可知之境，如是者，又数数而仍不之覆，至使我尽其险骇，其险莫名，其险至，并不敢言其险，而后徐徐焉，载吾舟以出。呜呼！险矣！方前之游洞庭也，西风九月，木叶初凋，湖水茫茫，凉秋萧瑟，舟自大江东来，暂维巴陵城下，登岳阳楼纵观焉。范希文[一]先生之记依然在矣！山川景色，清者涤襟怀，壮者拓胸臆。

注：

[一] 范希文：见前《酌雅诗话》卷一（三十三）注［一］。

尽一日之豪兴，薄暮返舟，拟明月重来登眺，忌戒舟子。未曙而舟已解缆行十余里，睡初醒，君山渐近，恍如清螺之在白银盘[一]也。以舟人贪便风，利不得泊，未之登焉。过此则波澜壮阔，浩淼无涯，龙入而吟，鲸出而吞，亦炭炭乎！殆哉之势特。风正帆悬，舟行激厉，半日达岸焉。自登楼至此，余既有诗以纪之已，不可谓不险矣！不谓更有今之险也。

注：

［一］"恍如"句：出自刘禹锡《望洞庭》："湖光秋月两相和，潭面无风镜未磨。遥望洞庭山水翠，白银盘里一青螺。"黄庭坚（1045—1105）《雨中登岳阳楼望君山》（其二）："满川风雨独凭栏，绾结湘娥十二鬟。可惜不当湖水面，银山堆里看青山。"

五月六月之交，炎蒸灼炙，大雨悬流，自豫西之白水，泛舟楚北，历汉而江，中间更险者已。屡更以赴家心切，径过岳阳，前次之登楼闲眺者，今未暇也。既至山下，则舣[一]舟北岸者，不可胜数。询之，佥[二]（皆）曰："候风，未可行也。"次日出舟，谒拜湖神毕，遂登山以游。松径迤逦，竹木亏蔽，盘如窈深，翛然远俗，幽人羽客，宜多往来其间者，今皆不之遇。则更摩其顶，绕其背，回瞰长江，俯凌远山，划然一啸，风涌水环，盖山之围六七里，竟一日而穷其半。前之过此而未暇者，今又适得而酬之也，犹未已矣！

注：

［一］舣（yǐ）：使船靠岸。
［二］佥（qiān）：全；都。

次日，风加厉，舟不敢动，又游焉。山之坳有田，田多稻，稻将花，散步塍[一]间，翠色可挹，其外三两人家，柴扉尽掩，系犊檐下，不知其为农家或山僧之役户。遇其人，殊不古拙，其左右有僧舍，入少憩焉，僧以茗享之，气味清馥异常，为生平所未经得。盖以山之水煮山之茶，茶未经雨，水未出山，信称两绝。时方溽暑[二]，饮辄数碗，清风拂拂。暨同诸友纵谈三苗[三]以来，依阻负险，宵小猖狂，出没此湖故事，不觉移时，而夕阳在山矣！出寺数武，望之若有帘之飘者，指其处，行焉，信酒家也。喜谓诸友曰："斯何地矣！乃亦有桃花源、杏花村逸兴乎？"沽之，沽之适，酒味甚薄，不喜饮，而登舟。

注：

［一］塍（chéng）：方言，田间的土埂子。

［二］溽（rù）暑：溽，湿润。溽暑，指夏天潮湿而闷热的气候。

［三］三苗：指我国南方的三个少数民族，它们是侗族、苗族和瑶族。

是夕也，风自西南来，水岸相薄，镗鞳[一]窾坎[二]，舟簸荡其间，邻舟率迁移，无定处，夜且不成寐，安问明日行程哉？晨炊，饱饭，勿问其他，又安排作登山计。寻旧路，过酒家，经稻田，穿竹径，时息时止，不一其处，山谷迂回，风景犹是，而游人路径渐熟矣！继见有所谓杨幺[三]庙者，讶之曰："得毋即赵宋绍兴时乘乱窃据者乎？"是安得有庙，且武穆[四]亦既剿平之也。庙何自而存乎？

注：

［一］镗鞳（tǎng tà）：敲钟击鼓的声音。出自苏轼《石钟山记》："噌吰（chēng hóng）者，周景王之无射也；窾坎镗鞳者，魏庄子之歌钟也。"

［二］窾（kuǎn）坎：窾，空隙；空虚。窾坎，击物声。出自苏轼《石钟山记》："舟回至两山间，将入港口，有大石当中流，可坐百人，空中而多窍，与风水相吞吐，有窾坎镗鞳之声，与向之噌吰者相应，如乐作焉。"

［三］杨幺：（1108—1135），名太，湖南人，南宋初年农民起义领袖。

［四］武穆：岳飞（1103—1142），字鹏举，河南汤阴人，南宋抗金名将，民族英雄。武穆是岳飞的谥号。

夫以湖之险如此，彼独能作飞轮纵横驰骤往来如飞，追之不及，扼之无从，爰负其能，啸聚数万，一时气魄，煽惑风靡，至今五六百年，沿湖尚多盗窃，则其庙之也亦宜。未至门，别出一径，向东南高阜直上焉，竹多茂密，秀甲诸山，有吕仙亭翼然下瞰。前人题之曰："朗吟飞过处。"是处也，据斯阜之巅，擅一山之峻，盖山在湖中，如人之隐几，而阜之在山，独如虎之出穴，翘首蹲踞，凌厉直前，其下当水处，石齿嶙峋，水不能啮，故能为山，南蔽与湖终古。亭前小立，八百湖势奔来眼底[一]，但见涛头一线，滚若雪花，远远而来，渐薄[二]山下，则万马争趋，金鼓并作，六军齐呼，声动天地，雷轰电掣，澎湃砰訇，山虽屹立，撼而摇焉。一波未平，一波复起，迭起旋生，应接不暇，洵天地间一壮观也。而卒疑山之欲动，殆凛凛乎不可久留已。噫！君山之游，至此观止，独万里之游。岂竟与此相持乎？

注：

[一]"八百"句：出自清代昆明文士孙髯（约1711—约1773）《大观楼长联》："五百里滇池，奔来眼底，披襟岸帻，喜茫茫空阔无边。看东骧神骏，西翥灵仪，北走蜿蜒，南翔缟素。高人韵士，何妨选胜登临。趁蟹屿螺洲，梳裹就风鬟雾鬓；更频天苇地，点缀些翠羽丹霞。莫辜负，四围香稻，万顷晴沙，九夏芙蓉，三春杨柳。数千年往事，注到心头，把酒凌虚，叹滚滚英雄谁在？想汉习楼船，唐标铁柱，宋挥玉斧，元跨革囊。伟烈丰功，费尽移山心力。尽珠帘画栋，卷不及暮雨朝云；便断碣残碑，都付与苍烟落照。只赢得，几杵疏钟，半江渔火，两行秋雁，一枕清霜"之句。

[二] 薄：迫近。

五六日间，来船坌[一]集，无一敢先发者，独吾舟人踔厉奋发，胆大如瓶，一旦竟推篷鼓舵以往，从之者有一舟，时方曙，舟中人未起，但听涛声与鹢[二]首搏激，已有为之股栗者。未行十里，羊角风至，舟人掉船疾退，舟中人左荡而右，右旋荡而左，呼吸之间，仓皇失措，猝不知其何故。急起视之，见从舟去，吾舟而他适，迅疾如矢之离弦，运转如蚁之旋磨簸弄，如马之滚尘，出入洪波巨浪中，如江豚海鲸之忽见而忽没。瞪目久之，为舌挢[三]不能下，而反忌己舟之震撼为如何。盖顷刻又回泊君山下矣！从舟渐远，不知其处。

注：

[一] 坌（bèn）：聚。

[二] 鹢（yì）：古书上说的一种像鹭的水鸟。

[三] 挢（jiǎo）：抬起；举起；翘起。

早饭，友人多呕，不欲食者，余则饱焉。方共谋回舟岳城，弃水就陆，踌躇竟夕，诘朝[一]风力稍小，舟人曰："且向前进。"进则舟涛撞击，仍不少衰。余不欲坐舱内，出倚樯下望焉。见波之来，如山——从船下过，过未竟船，又一山至，两山之间有一谿壑，船头下而饮之室，旋昂然向上去。既上，则又俯临前谿，一刻之内，如是者百千万亿计，不知舟之为前、为却、为进、为退，摇摇终日，渐薄黄昏。问舟人："湖过去也否乎？"曰："未。"星光沉沉，水气如雾，前后黯然，东西莫辨，舟之轩轾如故，波之为山、为谿，则不知之也。

注：

[一] 诘朝（jié zhāo）：即诘旦，意思是次日早晨。《左传·僖公二十八年》载："戒尔车乘，敬尔君事，诘朝将见。"①

盖移时矣！又问："湖竟也否乎？"曰："未。"余讶篙人应对囫囵，入舱至船后，欲询其为舵师者，见其倚舵而身挤之如战勃

---

① 李梦生：《左传译注》，上海古籍出版社2004年版，第303页。

敌[一]，煞用全力回异寻常，其揽篷索者，则耸身屏息如六辔在手，凛乎有驭朽之惧，不与语而退。是夕也，舟人无语，同舟人皆无语。余久坐舱外，始入而与之语，语约半夜，后舟人忽啧啧有语，前呼后应，转舵收篷掉篙掷缆，而舟竟诎然[二]以止。友人喜相谓曰："湖过矣！"舟人仍笑曰："未。"亟问之，则过湖之路百二十里，今才得六十里云。然则是可以息我舟者，乃湖中岛屿乎？抑果何地乎？舟人曰："无名耳。"无名可曷为，可维舟也。出辨之，则沙之出水，生草而为菹[三]者，高不盈尺，广不过丈，固非维舟之地。今不得已而来此，亦幸微有依薄耳！急犹能择乎哉！昧爽又进，薄暮得三十里，湖边有山，或断或续，势如长蛇，山之背闻有村落，居人半非良善。山之嘴啮余湖中者，多巨石，水势汪洋环之，为船必经之路，俗名区套。距套一二里，识水依山为往来泊船之所。

注：

[一] 劲（qíng）：强。劲敌，即强敌。

[二] 诎（qū）：同"屈"。诎然，即屈服。

[三] 菹（zū）：多水草的沼泽地带。

我舟至，已数百舟先舣此矣！有识我舟人者，惊相谓曰："风恶这许，船守此数日，无敢下者，汝乃逆水来耶？"虽然，勇则勇矣！毋乃急甚，且佳为佳耳！住一夕，明日风猛，仍住。薄午，有船自上流来者，过龟套，甚汹涌，卒亦保全无恙。有一大船，触山溃焉，其未溃者，数版而已。舟人骑其上，漾洄套中，翻覆辗转，而不能出。山后村人闻之，争趋劫夺，率八九人驾一小舟，人操一楫，奔之如驶。其妇人且从山径出，蚁聚其数版之船，而掠取其财物，或没水其溃处而求之。噫吁嚱，险哉！山东山也,风西风也。船自西北来,将迫山,拨使稍西,宜不至溃,奈何风力壮厉,船中力不能胜波,遂载船而与之击巉岩[一]已。吁嘁!险哉!目击此船之危,能无心悸此套之恶?

注:

[一] 巉(chán):山势高险的样子。巉岩,高而险的山石。

暨[一]晚,我舟人忽移舟深处。讶之曰:"月前有盗船,百余人往来湖上,杀越人于货,今日之事,可以鉴矣!"因问之曰:"今日某船虽溃,其人尚存,乃公取其物,并其未溃之数版而终残之,天下岂有是理乎?"舟人曰:"此即杨幺庙之所由,至今不毁也。君不尝在君山论之乎?且今日湖中故事,有不幸而船稍溃焉者,即人来劫夺,不能禁使勿取,故幸人之灾而乘人之危者,方且接踵而来。"余闻斯言,为发指眦裂,恨不得请上方剑,削平此辈,以清此氛。乃徒致慨于此湖之险,更有人焉,以助之虐也。舟人曰:"噫!君休矣!"幸吾舟得完焉,足矣!局外理乱不得闻,知明日过此套,无风波,已安然就寝。

注:

[一] 暨:及;至。

次日,到彼溃船处,清风徐来,水波不兴[一],舟人果荡桨悠然过之,自是潇洒犹夷,不数刻而到门山。门山者,湖口之山,以是入,以是出也。计自岳州来,旬有二日,视前游淹滞,和霄壤已。然则,余之重为此游也,非狃[二]于前而玩之也。天下之事有可知,有不可知,可知者必在意中,不可知者必出意外。余谓意外不可知者,必理所不经而势之忽变者耳,若势虽变而为理之所有者，则明者固有以知之矣！今使执前游之半日而达，而谓此之经旬为意外，又执前游之不甚震惊而谓此之屡险为不可知，则愚者亦将笑之矣！何也？水之积至数百里之广深，且亿万仞不可测此，必有以纳天地嘘吸之气，盈虚消息固已，莫可端倪。而异物之涵淹盘踞于其间者，又将神怪百出群以助其变幻离奇，仓卒不可度之威，故或喜而天光云影，一碧万顷；或怒而牛鬼蛇神，鸣喑[三]叱咤。即此，湖之自为性情亦已，城府叵测，又况大块噫气，轰轰熊熊，怒号万窍[四]，更有以张其势而激之声，其情状又岂耳目间所能尽哉！

注：

[一] 清风徐来，水波不兴：出自苏轼《前赤壁赋》。

[二] 狃（niǔ）：因袭；拘泥。

[三] 喑（yīn）：失音；缄默。

[四] "又况"句：出自《庄子·齐物论》："夫大块噫气，其名为风。是唯无作，作则万窍怒呺。"①

前游之事，道光六年，今去十年矣！万里往复者数回，世路险夷，类能记忆，洞庭之险而忘诸乎？是役也，非余之本愿而究游焉者，盖以买舟时，受牙侩妄指水路之诳，抑余生平览胜历险之缘与此湖未断也。夫以君山之胜而过其前者，不之一登，则胜负君山；以洞庭之险而过其中者，半日而竟，则险没洞庭。故必使余重游焉，尽其胜而胜者，以传尽其险而险者益以传。是斯游之为余壮游者，诚不可谓不壮，而斯文之为洞庭君山壮观者，益不可谓不奇矣！虽然，君山之胜，余所述庶几尽之，洞庭之险，

---

① （清）郭庆藩辑，王孝鱼整理：《庄子集释》，中华书局1961年版，第45页。

有余言之所不能尽者，正未知多少变态。后之有览于斯文者，慎勿贪其胜而忘其险哉！

拟道光十一年辛卯皇太后万寿恩科谢表

伏以文化溥中天土，庆云龙凤，虎德辉仪，寿寓人钦，威凤祥麟。惟大孝以天下事亲，庆典无非锡类系圣人，以人才治国，贤书首重覃思，五百英雄先储育于零玑；完璧三千，礼乐用拜夫赤县。黄图立贤无方，取士必得。臣等诚惶诚恐，稽首顿上言。窃惟宾兴造士，三年改行于膠庠[一]，寿考作人一世，观光于云汉，自辟门至升乡之日选士，与进士有称，由高后迄帝纪之年，茂才偕异才并用。隋始设科进士，唐兼制举明经，宋诗赋罢而经义兴，明异途轻而两榜重，名流日夺，殊无魏晋之清虚，硕彦云兴，不尚齐梁之词赋，然或十科，例定五色，人迷开皇，恢疆宇之图，诏选人以十载。神龙际承平之世，仅赠额以十人，何聘席时请缨，无路限年有制。虽予奇亦海内遗珠，射策徒工，恨刘蕡[二]不囊中脱颖，未有菁莪[三]化洽械朴，文兴玉尺，量来桢干，尽杞梓梗[四]楠之秀，银华照得网罗馨，琳琅玑贝之奇，拔萃占亨，同升叶吉，如今日者也。兹盖伏遇皇帝陛下，神凝松栋[五]，瑞席萝图，浓化含三元功，育万经筵讲道，师济侍石渠虎观之英华，幸学临雍观，听动百济高昌以外固已，朝皆俊乂，野无遗良矣！

乃犹念崧岳灵钟，人才辈出，施兔罝[六]于林谷，攀龙附凤，正多其人；别鱼目于泥沙，剑气珠光，难掩其地；招幽人于丛桂，蕊榜森玉笋之班；发奇气于潜渊冰鉴；掌珊瑚之价，特颁明诏，用设恩科，途宽则骥騄[七]分骧求骏，无烦市骨；数广则荺菲并采，拔茅共庆连茹。盖衡鉴既朗若冰壶，斯参苓自收。夫药笼干城卫道，志士无尘封，骨媚之文，霞绮布天英流，有捧日凌云之赋。对天人之三策，并包陆奏贾疏[八]，赓雅颂于一篇，合迈鲍清庾俊[九]，花生银管，直可登陆海[十]之班，句掷金声，谁尚弃孙山以外。臣等遥瞻斗极，远宅井躔[十一]，昆水流时已。滨海滢[十二]山阪之末；彩云深处，同在尧天舜日之中。昔盛览从学于相如，尹珍受经于许慎，李恢吕凯敦直著名，绳武一清，忠勤懋绩，虽幸逢仁天广被，寿域宏开，春会秋乡，文宿承光华之日。铁桥铜柱，春风入解阜之琴。兹复益展鸿图，遥颁凤诏，旁求自切，重增甲乙之科，大比依然递举辛壬之岁，选青钱而甚便，珊网高张，投白璧以何难，桐冈续咏，诚见盘龙江畔，人思奋鱼浪而傍鳌头；五华山前，士竞赴鹏程而连鹗荐。伏愿贞元会合，海岳绵长，福备箕畴，裒增轩纪。六乾行健，长干运乎天枢；万彚[十三]熙春，咸会归乎皇极，明扬以熙帝。载元凯同升宅俊以乂，苍生尊亲共戴。臣等惟有砥躬砺行，仰答三百年培养之深，拜手扬休，敬祈亿万世升平之庆。臣等无任，瞻天仰圣，悚息屏营之至，所有感激下忱，谨合词恭表称谢以闻。

注：

[一] 膠庠：膠，胶的繁体。膠庠是周朝的学校名，膠指大学，庠指小学。后世同城学校为膠庠。

[二] 刘蕡（fén）：唐代进士。

[三] 菁（jīng）莪（é）：《诗经·小雅·菁菁者莪》："菁菁者莪，在彼中阿。既见君子，乐且有仪。"后人用它作有关教育的典故。

[四] 楩（pián）：古书上说的一种树。

[五] 楝（liàn）：楝树，落叶乔木，叶子互生，小叶卵形或披针形，花小，淡紫色，果实椭圆形，褐色。木材可以制器具，种子、树皮、根皮都可入药。

[六] 罝（jū）：捉兔子的网。泛指捕野兽的网。

[七] 騕褭（yǎo niǎo）：古代良马名。

[八] 陆奏贾疏：指西汉初的政论文作家陆贾、贾谊。

[九] 鲍清庾俊：指南朝文学家鲍照、庾信。出自杜甫《春日忆李白》："清新庾开府，俊逸鲍参军。"按：这里是金门误记，应为"鲍俊庾清"。

[十] 陆海：指西晋文学家陆机。出自南朝梁钟嵘《诗品》："余尝言：'陆才如海，潘才如江。'"①

[十一] 躔（chán）：兽的足迹。

[十二] 澨（shì）：水边。

[十三] 彙（huì）："汇"的繁字体。

陶靖节论

尝观于七十子之贤，而叹世之生圣人之世，而得游圣人之门者，何其幸也！亲承时雨之化幸矣！附骥尾而名益显，亦幸矣！颜曾冉闵，中行^[一]固已，次至琴张曾晳，季次原宪之徒，皆得以狂狷显。狂狷之士，后世亦有之，而往往淹没不彰，其彰者，亦曾不得与曾晳原思并列，以其世无圣人故也。

注：

[一] 中行：《论语·子路》："子曰：'不得中行而与之，必也狂狷乎！狂者进取，狷者有所不为也。'"钱穆先生译为："先生说：'我不得中道之士和他在一起，那只有狂狷了。狂者能进取，狷者能有所不为。'"《孟子·尽心》：孟子曰："孔子不得中道而与之，必也狂狷乎！狂者进取，狷者有所不为也。孔子岂不欲中道哉，不可必得，故思其次也。狂者其志嘐嘐然，曰：'古之人，古之人。'夷考其行而不掩焉者也。狂者又不可得，欲得不屑不洁之士而与之，是狷也。又其次也。"钱穆先生《论语新解》云："中行，行得其中。孟子所谓中道，即中行。退能不为，进能行道，兼有二者之长。后人舍狂狷而求所谓中道，则误矣。"②

东晋之世有渊明先生，盖狂狷而几于中行者已。先生当晋室

---

① 钟嵘著，陈延杰注：《诗品注》，人民文学出版社1961年版，第26页。
② 钱穆：《论语新解》，生活·读书·新知三联书店2012年版，第311页。

将亡刘宋将兴之际,屣弃彭泽一令,浩然赋《归去来辞》。家贫,至有《乞食》诗,而其守不失,所乐不改。"结庐在人境,而无车马喧"[一],"既耕亦已种,时还读我书"[二],"不赖固穷节,百世当谁传"[三],即瓮牖绳枢,声传金石之素。"纵浪大化中,不喜亦不惧"[四],"啸傲东轩下,聊复得此生"[五],"登东皋以舒啸,临清流而赋诗"[六],即春风沂水,风浴咏归之怀。至如萧然四壁,屡空晏如,"悦亲戚之情话,乐琴书以消忧","聊乘化以归尽,乐夫天命复奚疑"[七],即箪瓢陋巷,不改其乐之心。其因督邮之至,而引退不为五斗米折腰者,亦外顾世而有瞻乌爰止[八]之象,欲去之意久矣! 特托之燔肉[九]不至,遂不脱冕而行。步步学圣人家法,又圣人所称"有道则仕,无道卷怀之,君子非取"[十]。晋人尚清谈,先生独勤务农;晋人多放达,先生独惜分阴[十一]。《桃花源记》寓言,避秦而曰:"不知有汉,无论魏晋",其视魏晋之世,果何如哉? 尝自谓羲皇上人,又谓无怀葛天氏之民,非其高自位置,真足为三代上人也。有宋黄岊溪[十二]先生,称为"处畎亩而乐尧舜之道",的是先生知己。杨园张念芝先生谓:"于晋人中所取惟陶士行先生",即士行孙也。其诗云:"古人惜分阴,念此使人惧。"又云:"及时当勉励,岁月不待人"[十三],非即其祖武克绍运甓[十四]之家风乎! 尝于论世知人之下,合其表里心迹而观之,先生真不愧乐天知命一语,惜其不遇圣人而名称不得与七十子中,中行狂狷争烈或且有非议之者,故为之论以述其争焉。

注:

[一]"结庐"句:出自陶渊明《饮酒》(其五)。

[二]"既耕"句:出自陶渊明《读山海经》(其一)。

[三]"不赖"句:出自陶渊明《饮酒》(其二)。

[四]"纵浪"句：出自陶渊明《形影神》。

[五]"啸傲"句：出自陶渊明《饮酒》（其七）。

[六]"登东皋"句：出自陶渊明《归去来兮辞》。

[七]"聊乘化"句：出自陶渊明《归去来兮辞》。

[八]瞻乌爰止：出自《诗经·小雅·正月》："哀我人斯，于何从禄？瞻乌爰止？于谁之屋？"意思是：乌鸦落在某人的屋顶上，可能预示着大喜。

[九]燔肉：祭肉，"燔"，同"膰"。

[十]"有道"句：出自《论语·卫灵公》："子曰：'直哉史鱼！邦有道，如矢。邦无道，如矢。君子哉蘧伯玉！邦有道，则仕。邦无道，则可卷而怀之。"

[十一]分阴：应作"寸阴"。陶渊明《杂诗》（其五）有"古人惜寸阴，念此使人惧"。

[十二]黄罴溪：见前《酌雅诗话》卷一（七）注[一]。

[十三]"及时"句：出自陶渊明《杂诗》。

[十四]甓：（pì）砖。《晋书·陶侃传》："侃在州无事，辄朝运百甓于斋外，暮运于斋内。人问其故，答曰：'吾方致力中原，过尔优逸，恐不堪事。'其励志勤力，皆此类也。"①

完廪[一]浚[二]井论

孟子曰："尽信书不如无书"。《尚书》不如四子书之可信久矣！而亦有《尚书》之可据足以证四书之疑者。窃尝读《虞书》一则而三复之见，其简古质厚，于博大昌明中浑浑有元气，盖非唐虞世宙不能有此光景，非当代史臣亦不能有斯体制。孔子删《书》，断自此篇，固可信而无疑者矣！

注：

[一]廪（lǐn）：粮仓。明清两代有廪生之说。

[二]浚（jùn）：挖深；疏通。

---

① （唐）房玄龄等：《晋书》，中华书局1974年版，第1773页。

今于万章父母使舜完廪,至二嫂使治朕栖一问而有异焉。《书》曰:"明明扬侧陋。"岳曰:"有鳏在下。"曰:"虞舜帝。"曰:"俞予闻如何?"岳曰:"瞽子父顽母嚚[一],象傲克谐,以孝烝烝,又不格奸,四岳何从,而称之帝,亦何从而先闻之也哉!"是瞽瞍之已厎豫[二]也,明矣!

注:

[一] 嚚(yín):顽劣。

[二] 厎(dǐ)豫:得到欢乐。

瞽瞍已厎豫,必不复有完廪浚井之使,况帝既使九男事之二女,女焉,百官牛羊仓廪备,以养舜于畎亩之中,则舜已有臣,庶即有完廪浚井之事,使臣庶治之,足矣!舜何至上廪入井,即谓父母所使,不敢距违,至有入井下土事象,即欲取仓廪牛羊琴弤[一]等,而有之,亦何至使二嫂治栖。夫帝世虽宽大,亦有明威象,即至傲,亦岂不畏天子。彼其禽兽之心,或肆家庭而无忌惮,亦何敢以一匹夫杀天子之爱甥。据天子之二女,公然自以为得计者,故余谓二嫂一语,必战国时人所添说,而完廪浚井事,万一有之,亦必在瞽瞍未厎豫之前,而非徵庸以后之事。《齐东野语》如尧帅诸侯北面而朝等言,诬谤圣人,何所不至,乃孟子于咸丘蒙之问,则问之于万章。此问不为辨明,而但云:"象忧亦忧,象喜亦喜,非彼非此是也。"南面北面之语,关乎君父之大,不可亟正之。此章则惟发明圣心之诚,以见遭人伦之变,而不失天理之常,大旨所重,在此事之果否,则不具论。故朱子云:"万章所言,其有无不可知,然舜之心,则孟子有以知之矣!他亦不足辨也。"数语包扫无数。读书但观大义,不求甚解,岂疏略者能之哉?亦贵有识焉可矣!

注：

［一］弤（dǐ）：漆成朱红色的弓。

味道轩诗钞序

道可味也！道无在不有味也！喜怒哀乐未发，谓中；发皆中，谓和[一]。道不外性情间，诗亦不外性情间。得性情之正而言诗，诗即情即性即道也！失性情之正而言诗，且无道，何有于诗？然则诗即道乎？非也，诗亦惟得乎道而已矣！余惧作诗者之离道而言诗，因以味道名其篇。盖尝观情之未发，既发于不睹不闻，莫见莫显之际，而见性之本然即道之当然，道之当然即道之不可须臾离也！则其味无穷矣！味之云者，二之非一之也，苟求得乎道？而一之并不言味可也！

注：

［一］"喜怒"句：出自《中庸》："喜怒哀乐之未发，谓之中；发而皆中节，谓之和。中也者，天下之大本也；和也者，天下之达道也。致中和，天地位焉，万物育焉。博学之，审问之，慎思之，明辨之，笃行之。"

且遁先生传

有且遁[一]先生者，自少得乡誉，壮后游四方，归年且五十余，性复刚褊，不达时趋，亦时多引重之者。所与龃龉不过两三人而已，而谤议沸腾，是非可畏，诚有红尘三尺之险，因自思前之有誉者，或乡人皆好欤？今之有毁者，或乡人皆恶欤？今之有毁而仍有誉者，又乡人之善者，好其不善者恶欤？卒亦不能自决，决诸《易》而得遁[二]焉，遂自号为且遁先生。遁将何往？五柳先生之宅，桃花源在焉，其将问津而从之游。

· 132 ·

注：

［一］遁：繁体为"遯"。《易》有"遯"卦："亨，小利贞。"下艮上乾，象征"退避"。①

游满贤林[一]记并序

余自少癖爱山水，于满贤林为胜，盖岁尝数至焉。壮岁游历万里外，每遇佳山胜水，辄低徊不能去，惟一种清奇幽静得趣遥深处，究无以易吾满贤林者。意弱冠时，曾为之记，稿今不存，若遂漠然不一写其概，不惟山灵笑人，亦自觉相负良多也！因作游记。

注：

［一］满贤林：又名买闲林，在大理剑川城西约三公里，陈伟勋的家乡，明代旅行家徐霞客称"爱其幽静"。

满贤林在城西五里许，山腹中以幽奇胜，宇内未数见也！其妙趣不可形容，惟静观者有得。自城西半里登山里许，至万松冈，松风谡谡[一]，涛声洗耳已，扑去城市中嚣尘数斗。回瞰城乡，闾阎[二]扑地，历落村墟十里，青郊碧湖[三]萦其东，东山环其外，眼界为之一豁然。游人至此，必少延伫，陟冈里许，有山神庙，小憩。左顾岩场，山水曲折，天山之麓，德峰寺、斗母阁诸处，林木参差，远望建和山、螳螂河，东西野趣都到，自是曲径通幽[四]，傍南山蜿蜒而入，树影萧疏，山花点缀，已多幽僻胜境，心静者自领之。

注：

［一］谡（sù）：起；起来。谡谡，形容挺拔。

---

① 黄寿祺、张善文：《周易译注》，上海古籍出版社2004年版，第252页。

· 133 ·

[二] 闾阎（lú yán）：平民居住的地区，借指平民。

[三] 碧湖：这里指剑川县的剑湖。

[四] 曲径通幽：出自唐代诗人常建《题破山寺禅院》："清晨入古寺，初日照高林。曲径通幽处，禅房花木深。山光悦鸟性，潭影空人心。万籁此都寂，但余钟磬音。"

正行，行山隈[一]间，不觉南山稍转而为东山，其对面紧与夹涧并峙，亘西北来一峦。不二三里，脚忽缩，转而北缩，转处适镇南山为谷口，相拒[二]可二丈，有一巨石，下垂塞之。数武[三]外，望疑于无路可入，只觉空山无人，水流花放，抑亦别有天地矣！忽过小桥，登平台，有石门焉，门外镇金刚二，俗呼曰金刚。门口石罅[四]中清泉潺湲[五]，味极甘洌，游人每争饮之。州刺史高守村题是门云："一窍通虚。"不知是门也！造物者自有耶？抑谁凿混沌氏之窍而为之耶？亦由之可也！不必知之也。门侧摩岩大书四字曰："峭壁中函。"关中屈尔泰[六]手迹也！

注：

[一] 隈（wēi）：山、水等弯曲的地方。

[二] 拒：疑为"距"。

[三] 武：半步，泛指脚步。

[四] 罅（xià）：缝隙。

[五] 潺湲（chán yuán）：形容河水等慢慢流动的样子。

[六] 屈尔泰：清朝画家，禹都（今河南禹州）人。乾隆初应协镇董芳聘至剑川。性好游，所至辄有题咏，善大书，得颜真卿真意。善绘墨龙、墨虎等。

入门，石磴迤逦[一]，拾级而登，两山夹路，只留一线天光。右石壁嶙峋千寻，峭立直下，如削成。藤萝下挂，薜荔上缘，不知其为山也！但知为石而已。左山稍纤，亦复从人面起，自涧底至巅，古木阴翳，苍翠欲流，亦不见其为山，但见为林而已。历磴道百余级，一石侧立路旁，上有擘窠[二]大字四，书法苍古，为协戎董公芳[三]笔。苔藓斑驳间，数百年风雨不能剥蚀，惟草字如龙蛇，后人有不能辨识者，殆是两岩竞翠，似可无疑。又上百余级，左山稍纡处，涧水潆洄，清浅可掬，一巨石旁卧敧顷[四]，长处著地者半，落落凌虚。绕石而上，背有小塔，塔前容数人坐。树影零中，日光疏漏，于兹小酌，已觉飘飘欲仙已，何必穷阆苑蓬莱[五]？知为奇谲，顾当前境地，尚未竟也！如食甘蔗，渐入佳境[六]。

注：

[一] 迤逦（yǐ lǐ）：曲折连绵。

[二] 擘（bò）窠：擘，大拇指；窠：鸟兽住的窝。写字、篆刻时，为求字体大小匀整，以横直界线分格，叫"擘窠"。擘，划分；窠，框格。擘窠书，榜书，即大型字。

[三] 董芳：（？—1757），清代将领，陕西咸宁（今西安市）人。做过云南临元镇总兵。

[四] 敧（qī）顷：敧，倾斜、歪。顷，疑为"倾"。

[五] 阆苑蓬莱：阆苑，传说中神仙居住的地方，古代诗文中常用来指宫苑；蓬莱，神话中渤海里仙人居住的山。

[六] 出自《晋书·顾恺之传》："恺之每食甘蔗，恒自尾至本。人或怪之。云：'渐入佳境。'"①

石之西竟无地，一片石屏曼衍渐高，就[一]石为梯，上之清绝古绝，上有广台，台上石坊高可一丈，皆苔矣！不见为石，两株丛桂欹之，未见有开花时。其上有三清殿，殿后有小龙湫[二]，刻

---

① （唐）房玄龄等：《晋书》，中华书局1974年版，第2405页。

小石龙其旁，鳞甲森森欲动，人不敢视焉。上又有一石坊，旁有两桂树，时见花开。后又一阁，多未之登，绕阁砌上行，稍曼衍，有土路，虽春夏间，落叶满径，从未有人扫者，故须防步滑，缓步闲闲，矫首一仰视，必至落帽，始见林石耸峙，或亏，或蔽处，有楼阁隐见半空中，然而尚未知何处也！曲曲盘旋，一上再上，径造天池，悬崖草树间，石乳淋滴，丁冬有声，方寸之地，即缘崖凿出，注满可供人饮。此地渐欲近巅，水从何处得来，直是天浆云液也。到此，乃见前所见之楼阁之门，门连楼阁，如舫，舫泊处，如天上仙槎^[三]，空中无著，但见莫大石壁，崭然自天而下，不知其几千万丈。

注：

[一] 就：接近。

[二] 湫（qiū）：水池。大龙湫是瀑布名，在浙江雁荡山。

[三] 槎（chá）：木筏。

到此脐间，稍展，寻丈地，亦有五六尺狭者，其长亘则可十丈许。前明州牧罗公仙吏也，有飘然世外之想，能到人所不到处，能见人所不见处，随地宽窄，凌虚结构为楼五，俗呼曰："间楼。"其一且有重楼，楼下俱周遭木槛。倚槛俯瞰，石壁截到涧底，更不知几千万丈，且觉楼上之石壁，前临楼下之石壁，反缩稍后，真宇内一奇也！又重楼前，石嘴啮出，广长五六尺，围以石栏，千目之日，天井可坐五六人，未有敢凭栏下视者。涧中柏多千百年物，高可及天井之半，惟弥勒佛前一古柏，傍石壁矗立，千仞直出楼左，畔上几与石壁齐高，壁上又一巨石，孤高耸立，甚不畏天风吹倒者，其下著石壁处，若龋齿^[一]缺陷，好事者以寸宽尺许之石条撑之，又立石室于顶。自天井上观之，高广可二尺许，凡此等处，谓造物所为造物，奚有此儿戏？谓人力为之人力，又安从到此？

注：

［一］龋（qǔ）齿：也叫蛀齿，俗称虫牙或虫吃牙。

少时，从长老游，长老每谓，石室内仙人尝居之，云不可谓非奇中奇也！然天下亦尝多有是，则又非奇，而满贤林亦未尝以是为奇也。林之奇，在石壁之巉岩[一]，在空虚之楼阁，其妙趣实在山林之幽闲。倚斯壁也，居斯楼也，位置已非凡境，但使有纤尘可飞到处，有色相可著想处，犹未纯乎静境也。咫尺前山，对面屹立，自山源环抱，至谷口，将人世间后起纷纭撞扰诸般物色，一切拦截不入此中所有者，惟老树闲云清泉白石与天地清虚之气，化育活泼之机，相与蕴藉[二]而已，即向之所见湖光野且[三]都化，渣滓净尽，又尚何有他物乎？对面山，何山也？即前所谓南山。转东，夹径逶迤[四]，苍苍郁郁，只见为山者也。楼中兀坐，久之，心中湛无一物，幽意循生静趣，斯得上与天呼吸相通，下与山情怀各是不自知，为无怀氏[五]之民欤？葛天氏[六]之民欤？第觉处乎人生而静之初，而觉此中之淡然无欲。

注：

［一］巉（chán）岩：高而险的山岩。
［二］蕴藉（yùn jiè）：（言语、文字、神情等）含蓄而不显露。
［三］野且：按：存疑。
［四］逶迤（wēi yí）：形容道路、山脉、河流等弯弯曲曲延续不绝的样子。
［五］无怀氏：我国传说中的上古帝王。
［六］葛天氏：我国传说中的上古帝王。

虽然，是林也，非徒虚寂尔尔也，无象之极，万象环生，朝时日出，夕则云归，春则鸟语花香，夏则风清水洌，秋则阴雨霁月，冬则红叶苍松。蚤[一]暮之间，四时之内，飞潜动植之生，寒往暑来之序，皆足吾静中真趣。至若烹茗饮酒，弹琴吹笛，作画吟诗，与同人终日唱酬，使人人各得所欲，乐意相关者，又皆此中自得之机缄[二]也！而满贤林之为满贤林可知矣！抑犹有附记者，楼右畔数武，别有玉皇阁，而在岩石间，其下就石，为梯数十级，上之阁楼，稍宏丽，亦杰构也！惟既得满贤林之奇，此可勿赘。天池水已从天上来，亦有旁径，可随水入里许，寻到源头处，幽遐胜趣，更非复人世恒蹊。余昔尝一至之，而今人迹罕至矣。

注：

[一] 蚤：同"早"。

[二] 机缄：指事物变化的要紧之处。

前山石壁正对五间楼处，为观音岩，岩畔有洞，深广高约六七尺，塑大士像其中。洞下崖截立至地，不止百尺，镌之为百余磴，磴深二三寸，使手可攀，足可踏，手足并行而上，余少时亦曾随同人后上之。至洞中，少坐，对看五间楼，无所著处，只如一画轴挂壁上耳，非人力所为，殆造物为之也！玩赏之余，忘却身之在最高处。忽俯视洞前，乔木皆低，始觉处危，不胜股栗，不敢下，又不能不下，踌躇四顾，久之，又几多迟回，几多郑重。不得已，凝神放胆而下，悬崖撒手，独往独来，险哉！危矣！孝子不登高，不临危，斯为不孝之至，且入于小人行险侥幸之所为。昔韩文公[一]登太华山，穷高极险，能上不能下，至于狂哭，华阴令百计取之，始得下去，文公亦深悔之，此最当深戒。游人尚无太高兴可也，尔乃乘兴往者，兴尽返[二]，当夫夕阳在山，樵歌互答，盖将与圣门中狂士所与之。童冠五六人、六七人者，携手偕行，风浴咏归[三]矣！而于是林之为满贤亦有所自云。

注：

[一] 韩文公：见前《酌雅诗话》卷一（十）注[一]。

[二] "乘兴"句：出自《世说新语》："王子猷居山阴，夜大雪，眠觉，开室命酌酒，四望皎然。因起彷徨，咏左思《招隐诗》，忽忆戴安道。时戴在剡，即便夜乘小船就之。经宿方至，造门不前而返。人问其故，王曰：'吾本乘兴而行，兴尽而返，何必见戴！'"①

[三] 风浴咏归：出自《论语·先进》："（点，指曾皙）曰：'莫春者，春服既成，冠者五六人，童子六七人，浴乎沂，风乎舞雩，咏而归。'"

① 徐震堮：《世说新语校笺》（下册），中华书局1984年版，第408页。

《酌雅诗话》三卷提要

冯良方

陈伟勋,号金门,剑川(今云南省剑川县)人。道光壬辰(1832)举人。为学授书严守宋儒规条,以穷理尽性为宗。著有《味道轩诗钞》《慎思轩文钞》《酌雅堂诗话》等。此书前有作者《酌雅诗话自叙》,后有作者《酌雅诗话后跋》。卷一共50条,皆先列前人诗歌掌故或诗话,然后加以评说,最后附以自作诗。卷二共17条,与卷一相似,然无自作诗。卷三为《酌雅诗话续编》共12条,主要批评袁枚。

陈氏论诗,道学色彩甚重。其《酌雅诗话自叙》云:"余非能诗者也,亦非知诗者也。何有诗话?顾尝服膺'思无邪'之一言,以为是千古言诗极则。外圣人之言,舍性情之正而言诗,必非佳诗,故尝持此意以论列风雅。"其《酌雅诗话后跋》亦云:"余因阅诸家诗话,时出己意,窃附其间,或又得诗,以题其后,零碎草稿,不觉成编,爰即以《酌雅》名之。大意在诋排异学,黜落淫辞,而凡有益于世道人心者,亦各因所触而推衍其说,至如吟风弄月等词,苟其有得于比兴之意,有合于风雅之旨者,亦取而附焉。总兢兢奉夫子'思无邪'之一言以为矩范而已矣。"

其书首列朱熹《感兴诗》论二教二篇,排斥佛老,尤攻佛不遗余力。又视《莺莺传》《聊斋》《红楼梦》为淫书。其批评袁枚,则斥之为"淫人"。然篇中对陶渊明的诗歌的论析,对含蓄、比兴的论述,亦时有精鉴。

此书《自叙》作于道光己酉(1849),书盖成于此年。后收入《云南丛书》集部之九十二。(冯良方:《云南古代诗话提要》,林超民主编《西南古籍研究》云南大学出版社2011年版)

陈伟勋的诗歌理论与诗文创作

段炳昌

一 生平事迹

陈伟勋，字史韵，一字金门，自号酳雅主人，白族，剑川金华西门街人。生卒年代已不清楚，但是，他曾经说，欧阳丰比他小"十余岁"。欧阳丰是剑川人，白族，生于1807年，道光壬辰年（1832）进士。"十余岁"如果计为12岁至16岁，则陈伟勋大致生于1791年（乾隆五十六年）至1795年（乾隆六十年）之间。他的科举考试之路不是很顺利，参加乡试，三次都没有考上，其中嘉庆丙子科（1816）已被取中，不知什么原因最后没有正式中举。他感到很郁闷，曾写诗发泄自己的不满："昔战秋闱已擅场，文章有命总茫茫。自知无德知无分，正己何如较短长。"十六年后，道光壬辰年（1832）终于考中举人，但此后，连续四次赴京参加进士考试，都没能考中，他感叹说，虽然四次未中，他也未曾有"愤懑语，乞怜语，亦无甚寂寞之态"，只是心中怀念家中父母已老，"万里奔驰不容易耳"。杜受田督山西学政时，陈伟勋曾跟随到山西校对文稿，有人曾贿赂他帮忙打通关节，被陈伟勋坚决拒绝，深得杜受田赞赏。道光十五年（1835）杜受田被特召回京，则此前陈伟勋在山西杜受田幕中。杜受田回京后，连续升迁，从工部左侍郎升到工部尚书，充上书房总师傅，并一直担任皇子奕詝的老师。杜受田在后来奕詝继登皇位中起了重要作用，咸丰年间，杜受田备受恩宠，先后任吏部尚书、刑部尚书、协办大学士等，死后赠太师、大学士，谥封文正公。但杜受田权势煊赫的这段时间，陈伟勋似乎并未与杜有所交集，大概杜受田回京时，陈伟勋并未跟从。陈伟勋晚年回到剑川，刚好碰上云南战乱，忧愤成疾而死。陈伟勋对父母孝顺，对兄弟也很照顾，到外地教书，得到的报酬都与兄弟共同享用。曾在剑川开馆授徒，严守宋代理学家的理论和要求，以穷理尽性为宗旨，要求严格，即使富贵子弟也毫不放松，所以他的学生大多数比较出息。他的著作有《味道轩诗钞》《慎思轩文钞》《酌雅诗话》《训友语》等，现存诗79首、散文7篇、《酌雅诗话》1部。难得的是，除了诗人，陈伟勋还是个文学理论家和批评家。

二 诗歌理论和诗歌批评标准

陈伟勋的文学理论和诗歌批评，主要见于《酌雅诗话》一书和《陶靖节论》《味道轩诗钞序》两篇短文。《酌雅诗话》中提出诗是性情的产物，这一点和别的诗歌理论家的主张并没有什么不同，但是他进一步认为，性情必须是"正"的，他说"喜怒哀乐未发谓中，发皆中谓和。道不外性情间，诗亦不外性情间，得性情之正而言诗，诗即情，即性，即道也。"（《味道轩诗钞序》）又说："而见性之本然，即道之当然，即道之不可须臾离也。"（《味道轩诗钞序》）这里，"性情之正"是前提，是根本，似乎是成了本能似的内在的存在物。有了"性情之正"，诗才能"得乎道"，才能称得上是好诗，才能"其味无穷"。怎样才是"性情之正"呢？陈伟勋并未进一步说明，而是直接将其与"思无邪"

等同起来，他说："顾尝服膺'思无邪'之一言，以为是千古言诗极则。外圣人之言，舍性情之正而言诗，必非佳诗。"① 这里，"思无邪"就是"性情之正"，就是要符合"圣人之言"，"性情之正""思无邪"和"圣人之言"基本上是同一的，是评价诗的"极则"，是最高的标准，因此陈伟勋"总兢兢奉夫子'思无邪'之一言以为矩范而已矣"，以"思无邪"作为评价诗的唯一尺度，即以是否表现"性情之正"为唯一标杆，以衡量是否符合儒家的基本思想和规范，从而以此极力抨击所谓的"邪说"。

汉代以来，"思无邪"一直是具有儒家倾向的诗论家普遍遵循的标准，但什么是"邪"，怎样才能做到"思无邪"？在具体的诗论家那里却是有所不同的。在陈伟勋看来，"邪"或"邪说"主要有两个。

一个是佛教，陈伟勋说"惑世诬民，莫此为甚"。还说："平生我独成偏拗，不共僧流结一辞。"对佛教可谓深恶痛绝。这一点值得注意：自南诏以来，佛教在大理白族地区广为传播，文人学者普遍援佛入儒，将二者融为一体，读儒书又读佛经，做官济世而又修禅礼佛，杨黼、李元阳、赵藩等名人都是如此，即使像王崧那样的醇儒，也并未完全摒弃佛教的影响，在撰写《道光云南志钞》之"封建志"时，王崧没有排斥佛教的一些传闻和记载，如陈伟勋这样不遗余力排佛远佛，在他的家乡实在可以算得上是异数了。

另一个"邪说"就是所谓"淫词"。陈伟勋说，《西厢记》《聊斋》《红楼梦》三书是"当时士大夫所同好者"，但在他看来都是"淫书"，都属于"淫词"一类。他还说："拙性难容脂粉

---

① 见张国庆选编《云南历代诗文论著辑要》，中华书局2001年版，第74页。下引此书文字不再注明，除此书以外的陈伟勋相关材料，主要参考《丽郡诗征》《丽郡文征》，亦不一一注明。

气,狂歌不作香奁词。箧中今日搜存稿,尤喜曾无赠妓诗。"这是针对白居易、苏轼的赠妓诗说的。在《酗雅诗话》中,他几乎把"思无邪"推向了一个严酷极端的地步,以此批评李白、白居易、元稹、苏轼、杨轩、袁枚诗中写女人、写艳情,认为"脂粉气""香奁词""赠妓诗"等都并非"性情之正",都是"邪"的。以上可以看出陈伟勋的文学理论有偏于保守甚至迂腐的一面,但是,要看到陈伟勋坚持儒家思想,也有着以儒家思想来拯救当时风气败坏、道德沉沦的社会危机的良好愿望。他说:"今世干戈扰攘,蒿目时艰,同此浩叹。"他还写到当时的老百姓挨饿受冻,官府对老百姓的严酷鞭挞。但是,官僚士大夫却热衷于"美味"、"美色"、"美利"、玩乐、权势、贪污受贿,不惜投机取巧、欺诈蒙骗、互相倾轧、残酷迫害。他还说:"今之官场""争名争利场也",跟赌钱没有什么两样。有的诗人挟娼狎妓,道德败坏,但更为可怕的是,还要把这些肮脏的东西写到诗中,炫耀宣扬。总之,当时的社会风气已经是浑浊丑恶、一潭污水烂泥了,这实际上就是鸦片战争爆发之际中国的社会现实。所以,陈伟勋的文学理论是针对这种社会风气而发的,就当时而言,是有着强烈的现实意义的,也是有一定的批判深度的。实际上,当时所有想对中国进行改革、解决中国面临的社会危机的有识之士,都基本上是从儒家思想武库中寻求武器的。应该从这样一个角度去看陈伟勋的理论,才是比较客观的,而不是以今人的思想水平来苛求古人。

那么,什么样的诗才是性情"正"的、"思无邪"的呢?如上所说,陈伟勋并未作明确的论证说明。一般的儒学诗论家,往往把"性"和"情"作一定区分,但陈伟勋却是将二者连缀起来作为一个概念,不加分别地使用。由于没有理论阐述与说明,只能在考察陈伟勋对诗人和作品的具体评价中来把握他的诗歌理论的内涵，把握他对"性情之正""思无邪"的理解和发挥。在陈伟勋的论述中，对陶渊明的人格和诗歌作了高度评价，在他看来，几乎只有陶渊明的诗才是符合"性情之正""思无邪"的唯一标本。这样，他就把陶渊明完全纳入了儒家系统之中，这在拓展传统儒家文学理论和对陶渊明的评价上是有一定意义的，但问题是陶渊明思想属于哪一家存在很大争议。很长时间，陶渊明一直只是被看作节操高卓的隐士，到了南宋，真德秀等人把陶渊明完全塑造成为一个儒家，真德秀说："以余观之，渊明之学，正自经学中来，故形之于诗，有不可掩。"张戒《岁寒堂诗话》则认为陶渊明是达到了"思无邪"标准的诗人，他说："孔子删诗，取其'思无邪'者而已。自建安七子、六朝、有唐及近世诸人，'思无邪'者，惟杜子美、陶渊明耳，余皆不免落邪思也。"这里可以看出陈伟勋受到《岁寒堂诗话》的明显影响。后来一直也有人把陶渊明当作儒家，近现代的谭嗣同、梁启超都把陶渊明当成儒家，梁启超甚至说，陶渊明"一生得力处和用力处都在儒学"。但更多的时候，人们虽然承认陶渊明受过儒家思想的影响，却一般不把他看作是儒家，或者说一般不把他看成是纯粹的儒家。最推崇陶渊明的苏轼，主要从陶的"欲仕则仕，不以求之为嫌；欲隐则隐，不以去之为高"着眼的，完全是为自己长期徘徊于仕和隐之间的思想矛盾张本。值得注意的是，北宋理学诸子周敦颐、张载、二程竟然没有谈到陶渊明。朱熹比较肯定陶渊明，但说："渊明所说者庄老。"辛弃疾说陶渊明"自是羲皇以上人，千载后，百篇存，更无一字不清真"，完全是道家。元明清三代也一直有人主张陶的思想是道家。到了现代，著名学者中对陶渊明研究下功夫最大应该是朱自清，他说，陶诗用事，《庄子》最多，共49次，《论语》第二，共37次，《列子》第三，共21次；单是《庄子》便已比《论语》多，再算上《列子》，两共70次，超过《论语》一倍有余；陶诗中"抱朴""真""淳"等都是道家的观念；"所以陶诗里主要思想还是道家"①。朱自清的说法是比较有说服力的。

那么，一些学者主要是从哪些方面着手从而肯定陶渊明的思想是儒家的呢？主要就是从无道则隐、安贫乐道等角度肯定陶属于儒家，而这却是儒道两家思想中比较相似的地方。陈伟勋也主要从这个角度推崇陶渊明，把他说成"思无邪"的典范，而且把陶渊明的诗和行事处处与儒家相比照挂钩，说陶渊明弃官归田，"家贫至有乞食诗，而其守不失，所乐不改"；"结庐在人境，而无车马喧""不赖固穷节，百世当谁传"等诗，即瓮牖绳枢、声传金石之素；"纵浪大化中"等诗是"春风沂水、风浴咏归之怀"；"萧然四壁，屡空晏如，悦亲戚之情话，乐琴书以消忧"，即"箪瓢陋巷、不改其乐之心"；等等，总之，陶渊明是"步步学圣人家法"，完全是学孔子的，完全是在实践孔子的理论。

另外，陈伟勋肯定了宋代理学家中邵雍一派知足常乐的观点，高度评价了邵雍的诗，还说邵雍"明于天人之理，所言以诗出之者，乃咏叹不尽之意，非欲求工于诗而自列于诗家者也"，是个真正的大儒。陈伟勋的诗往往以理求诗、以诗说理，这种方法，在邵雍《伊川击壤集》中也常常看到。关键在于邵雍这一派的许多看法可以和陶渊明挂上钩来。这样，陈伟勋从两个方面把陶渊明变成了儒家。实际上，无论是陶渊明还是邵雍，他们都有接受老庄思想的一面，所以，陈伟勋把陶渊明、邵雍作为纯粹的儒家，也就有把某种老庄思想当成儒家思想的可能，陈伟勋虽然要排攘"邪说"，但排佛而不排老庄，有时候甚至干脆直接使用

---

① 北京大学、北京师范大学中文系教师同学编：《陶渊明研究资料汇编》，中华书局1962年版，第288—289页。上引真德秀、张戒《岁寒堂诗话》，谭嗣同、梁启超、朱熹、辛弃疾等人的论述，均可参见《陶渊明研究资料汇编》的相关文字。

庄子的材料,比如下面这首诗:"众史舐笔何龌龊,一史后至特英妙。不趋不立亶亶然,目中何自有权要。解衣般礴旁无人,是何胸次谁能料?吾欲倩工画此图,常为儒生一写照。"完全使用和发挥了《庄子》中"宋元公将画图"一段,而且把原文中"有一史后至者",作为"儒生"仿效的榜样。归纳起来,在陈伟勋看来,陶渊明是真正的儒家,无论是做人,还是作诗,他都是永远的典范。所谓"思无邪",所谓"性情之正",陶渊明都足以当之,但这已经是带有老庄色彩的儒家思想了,或者说这已经是陈伟勋自己心中的儒家思想了。

三 诗歌创作

陈伟勋大多数诗是说理诗,主要是通过诗来讨论人生哲学,涉及人生的意义、价值等问题,围绕着这些问题,也对种种社会现象作了评价。另一类写农村或闲居生活的诗,虽然形式上与陶渊明诗不同,但在韵味上却有一些相似。比如《田园杂兴》四首:

> 正月欣逢三白过,农人村外始披蓑。新泥滑滑犁头润,喜说今春雪泽多。
>
> 农人崇实不崇华,对雪吟诗有几家。但是廿番风信到,也将春色问梅花。
>
> 邻里通功事最便,相偿饮食不偿钱,吾乡旧俗由来古,父老相传已百年。
>
> 躬耕乐道有名儒,今日谁堪世道扶。寄兴田园诗百首,扶疏吾亦是真吾。

前三首主要写剑川农民们的劳动和古老淳朴的风俗,第四首写自己的躬耕生活，认为生活在农村的他，才能保持"真吾"，才能扶救世道，自我期许非常高。四首诗都写得朴实无华，自然高妙。《酌雅诗话》和这里的第四首诗都说到，陈伟勋曾经写过《田园杂兴》诗一百首，遗憾的是，现在只能看到这四首了。

再如《田家秋晴打稻景》诗：

> 寒入西风甫二分，秋空晴色爱斜曛。
> 青林一半多黄叶，碧落些须有白云。
> 日暖午鸡邻舍响，霜清晨雁远天闻。
> 田间笑语声欢乐，打稻家家妇子勤。

这首七言律诗，写了霜降以后的剑川自然风光和农家生活，最后两句尤其真切生动，充满了剑川农村的生活气息和特征。

《斋前种竹数竿榜曰有竹居》诗写自己的闲居生活：

> 有竹有竹可无俗，数十百竿绕我屋。
> 春风春雨新翠浴，夏日压檐森众绿。
> 萧疏秋月凉可掬，冬雪枝间零碎玉。
> 四时之趣惟我欲，中有数椽作家塾。
> 老去有书日日读，闲课儿孙愿已足。

《酌雅诗话》中引用杜甫诗"东林竹影薄，腊月更须栽"和苏东坡的诗"宁可食无肉，不可居无竹。无肉令人瘦，无竹令人俗"，然后说："余曾栽竹数次，亦多以腊月。读书处有一小轩，名曰'有竹居'。"于是写了这首诗。诗人对闲居生活是满足的，优美的环境，宁静的春夏秋冬四时之趣，可以读书，可以教学，但不是任务，只是"闲课"，是随自己有无兴趣而开设的。情调轻松自然，悠闲适意。从这样的诗中，确实能读出一些陶渊明和邵雍的意味。

陈伟勋的《满贤林歌》是另一类型的诗：

> 我游满贤林，因作纪游篇。
>
> 名山三百未游遍，又闻海上有三山。毕竟三山问谁到，方士例以荒唐传。使人心驰万里外，恍惚缥缈虚无间。我曾到海不之见，归告世人谁信然。满贤林，在目前，求仙原不如访贤。洞里青山夹峙无尘到，洞口金刚坐镇严当关。五云楼上试久坐，但见一线明青天。岩垂壁立天不动，水流花开天自闲。终古苍松间竹柏，旦暮白云相往还。此身如置羲皇上，淳闷遐生怀葛先。斯时松乔未出世，何有安期与偓佺？
>
> 蓬莱几何峰，方丈几何峦？神仙所在果安在，乃在天外东瀛边。何如此林众妙集，妙处恰未离人寰。欲至即可至，实地非虚悬。只恐语言文字未足尽妙处，惟静能悟斯真诠。

这首诗是长篇歌行体诗，句式长长短短，以七言为主，还有五言、九言、十一言，这种结构正好与满贤林错落变化、峰回路转的风光相适应。以散文为诗，采用散文化的近乎白话的语言，也能产生一种化熟生新的效果，这些特点使这首诗具备了宋诗的味道。这些写法，在众多的写满贤林的诗篇中是比较有特点的。另外，这首诗写满贤林，虚写的多，想象的多，实写的少，用了不少神话传说的典故，羲皇、怀葛、松、乔、安期、偓佺都是神话传说中的远古人物或神仙，海上三山、蓬莱、方丈都是神话中神仙居住之所。

四 散文创作

陈伟勋现存的散文主要有《重游洞庭记》《拟道光十一年辛卯皇太后万寿恩科谢表》《陶靖节论》《完廪浚井论》《味道轩诗钞序》《且遁先生传》《游满贤林记》等篇。其中,《陶靖节论》《味道轩诗钞序》可视为文学理论论文;《完廪浚井论》是对《孟子·万章上》所载舜的父母迫害舜让舜完廪浚井一事的议论;《且遁先生传》只有135字,记述且遁先生选择隐居的事;《拟道光十一年辛卯皇太后万寿恩科谢表》如题所云,纯粹为歌功颂德之作,虽文辞骈俪工整,却无什么价值。《重游洞庭记》《游满贤林记》两篇都是游记,以下主要对这两篇散文进行评述。

与上述《满贤林歌》诗不同,散文《游满贤林记》主要采用实写的手法,一步一景,细致周详,用当地民间的说法来比喻,就是像细心的妇女纳鞋底一样,一针一线,绵密清晰,所以,竟写成了2000多字的长文。我们选取其中的几段来看:

> ……满贤林在城西五里许山腹中,以幽奇胜,宇内未数见也,其妙趣不可形容,惟静观者有得。……自是曲径通幽,傍南山蜿蜒而入,树影萧疏,山花点缀,已多幽僻胜境,心静者自领之。……不二三里,脚忽缩转而北,缩转处,适镇南山为谷口,相距可二丈,有一巨石下垂塞之,数武外望,疑于无路可入,只觉空山无人,水流花放,抑亦别有天地矣。忽过小桥,登平台,有石门焉,门外镇金刚二,俗呼曰金刚门口,石罅中清泉潺湲,味极甘冽,游人每争饮之。州刺史高守村题是门云:一窍通虚。不知是门也,造物者自有耶,抑谁凿混沌之窍而为之耶?亦由之可也,不必知之也。……

矫首一仰视，必至落帽，始见林石耸峙，或亏或蔽处，有楼阁隐见半空中，然而尚未知何处也。曲曲盘旋，一上再上，径造天池，悬崖草树间，石乳淋滴，叮咚有声，方寸之地，即缘崖凿出，注满可供人饮。此地渐欲近巅，水从何处得来？直是天浆云液也。到此，乃见前所见之楼阁之门，门连楼，阁如舫，舫泊处，如天上仙槎，空中无著，但见莫大石壁，崭然自天而下，不知其几千万丈。

林之奇，在石壁之巉岩，在空虚之楼阁，其妙趣实在山林之幽闲。倚斯壁也，居斯楼也，位置已非凡境，但使有纤尘可飞到处，有色相可著想处，犹未纯乎静境也。咫尺前山，对面屹立，自山源环抱至谷口，将人世间后起纷纭撞扰诸般物色，一切拦截不入，此中所有者，惟老树闲云，清泉白石，与天地清虚之气，化育活泼之机，相与蕴藉而已。即向之所见，湖光野色，且都化渣滓净尽，又尚可有他物乎？对面山，何山也？即前所谓南山转东，夹径逶迤，苍苍郁郁，只见为山者也。楼中兀坐久之，心中湛无一物，幽意循生，静趣斯得，上与天呼吸相通，下与山情怀各是，不自知为无怀氏之民欤！葛天氏之民欤？第觉处乎人生而静之，初而觉此中之淡然无欲，虽然是林也，非徒虚寂尔尔也。无象之极，万象环生，朝时日出，夕则云归，春则鸟语花香，夏则风清水洌，秋则阴雨霁月，冬则红叶苍松，早暮之间，四时之内，飞潜动植之生，寒往暑来之序，皆足吾静中真趣。

玩赏之余，忘却身之在最高处，忽俯视洞前，乔木皆低，始觉处危，不胜股栗，不敢下，又不能不下，踌躇四顾，久之，又几多迟回，几多郑重，不得已，凝神放胆而下，悬崖撒手，独往独来，险哉，危矣！……

着重写了满贤林的幽、静、奇、险的特点，精微的观察，精致的描写，精到的体悟，铺陈而精细的笔法，都显示出作者写游记文的特点与功力。

这些特点在陈伟勋《重游洞庭记》中，也得到了充分体现。《重游洞庭记》写于道光十六年（1836），也是游记散文，但篇幅更长，写得更为铺张曲折。作者乘船渡洞庭湖遇大风大浪，险情叠现，惊心动魄，使作者"尽其险，骇其险，莫名其险，至并不敢言其险"，"呜呼！险矣，方前之游洞庭也！"也让读者随之心惊肉跳。但有时又插进一段文字，如君山避风，田园村舍，僧舍煮茶，疏解紧张气氛，为更大的风险先写一闲笔，很能见出驾驭文字、控制节奏、收放自如的能力。

（原载段炳昌等《明清云南文学论稿》，云南大学出版社2021年版，第132—140页）

主要参考文献

（唐）杜甫撰，（清）仇兆鳌注：《杜诗详注》，中华书局2015年版。

（唐）李白著，（清）王琦注：《李太白全集》，中华书局2015年版。

陈伟勋：《酌雅诗话》二卷、续编一卷，云南丛书集部之九十二2009年版。

丁福保辑：《历代诗话续编》（全三册），中华书局2006年版。

段炳昌等：《明清云南文学论稿》，云南大学出版社2021年版。

李潇云：《清代云南诗学研究》，中国社会科学出版社2017年版。

李春龙、江燕等点校，李春龙审订：《新纂云南通志》，云南人民出版社2007年版。

杨伯峻译注：《论语译注》，中华书局1980年版。

杨伯峻译注：《孟子译注》，中华书局1960年版。

杨纯柱：《陈伟勋和他的〈酌雅诗话〉》，《大理民族文化研究论丛》2006年第1期。

袁行霈：《陶渊明集笺注》，中华书局2003年版。

云南省地方志编纂委员会办公室整理：《云南历代方志集成》，中华书局2020年版。

云南省文史研究馆纂集，李孝友、张勇、余嘉华执笔：《云南丛书书目提要》，中华书局 2010 年版。

张国庆：《儒学与云南古代文学理论》，《孔学研究》（第二辑）1995 年。

张国庆选编：《云南古代诗文论著辑要》，中华书局 2001 年版。

赵联元：《丽郡文征》，云南省文史研究馆整理：《云南丛书》第 39 册第 7 卷，中华书局 2009 年版。

赵联元：《丽郡诗征》，云南省文史研究馆整理：《云南丛书》第 39 册第 10 卷，中华书局 2009 年版。

中国社会科学院语言研究所词典编辑室编：《现代汉语词典》（第 7 版），商务印书馆 2016 年版。